Eduard Häfliger

Das Paket

und andere merkwürdige Begebenheiten

AF204093

Zu diesem Buch

Lassen Sie sich meine dritte Kurzgeschichtensammlung nicht entgehen! Ich schildere Ihnen zum Beispiel den erschütternden Fall eines Kammerjägers: Der Bedauernswerte versuchte, sich von seinen achtbeinigen Plagegeistern zu befreien. Oder lesen Sie die Sage vom lärmigen Heer der Wiedergänger, das in Vollmondnächten um eine Burgruine tobt – wahrscheinlich bis auf den heutigen Tag. Auch Wolfsgeheul habe ich eine Erzählung gewidmet – zugegeben eine ziemlich gruselige. Vielleicht interessiert es Sie, wie zwei Reha-Patienten den Austritt aus der Klinik selbst an die Hand genommen haben – recht unkonventionell. Was kann schon passieren, wenn Sie einen exotischen Sämling sprossen lassen? Einiges, ob Sie es glauben oder nicht. Wollten Sie schon immer erfahren, ob Sisyphos seinen schweren Stein nach wie vor den Berg hinauf stemmt? Steht bei Ihnen demnächst ein Geburtstagsfest an? Dann empfehle ich Ihnen dringend, vorher meine Reportage zu lesen. Und zu guter Letzt serviere ich Ihnen merkwürdige Kriminalfälle.

Wie schon in meinen früheren Sammlungen »Ara« und »Soll ihn der Teufel holen« begegnen Ihnen auch diesmal eigenartige Menschen. Mit unsereins haben sie nichts gemeinsam. Oder doch? Stehen sie uns nicht näher, als es zunächst den Anschein macht, wenn wir selbstkritisch sind?

 Eduard Häfliger, geboren 1941, hat an der ETH Zürich als Elektroingenieur diplomiert und das Erlernte in schweizerischen und internationalen Konzernen genützt und weiterentwickelt. 1990 hat er sich als Consultant selbstständig gemacht. 2000 hat ihn die Schriftstellerei gepackt. Das Werkverzeichnis befindet sich am Buchende.

Eduard Häfliger

Das Paket

und andere merkwürdige Begebenheiten

Impressum

© 2016 Eduard Häfliger
Umschlag, Illustrationen: Théo Müller
Lektorat: Verena Schneider Müller
Korrektorat: Théo Müller
Verlag: tredition GmbH, Hamburg

ISBN
Paperback   978-3-7323-5827-4
Hardcover   978-3-7323-5828-1
e-Book   978-3-7323-5829-8

Printed in Germany

Erkenne selber dich.
Wer sich erkennen kann,
trifft inner sich oft mehr
als einen Menschen an.

Angelus Silesius

Sagenhaft

Die Nacht der Untoten

Eigentlich gab es keinen Grund zum Feiern, schon gar nicht wenn man seine langjährige Angebetete an den besten Freund verloren hatte. Aber dem Polterabend im Ägerital konnte Klaus trotzdem nicht ausweichen.

Dort angekommen, beginnt er seine Enttäuschung ungehemmt in reichlich Bier zu ertränken, etwas das man vom eher Verschlossenen eigentlich nicht kannte. Je mehr er bechert – und das tut er im Übermaß –, umso mehr lässt er sich ins Gelächter und in die Albernheiten seiner Freunde hineinziehen. Als sein Magen mit einem Mal zu revoltieren beginnt, flüchtet er aus der Runde, stürzt hinaus an die frische Luft und übergibt sich. Sogleich stellt sich das Elend über den Verlust seiner Angebeteten wieder ein. Er verzichtet auf die Rückkehr zum Gelage, entscheidet sich für einen französischen Abgang und macht sich zu Fuß auf den langen, einsamen Nachhauseweg durch das Lorzentobel in Richtung Baar. Denn in seinem Vollrausch kann er sich kaum auf den Beinen halten, geschweige denn sein Auto fahren. Und für ein öffentliches Verkehrsmittel ist es schon zu spät.

Unterwegs torkelt er an einer schemenhaften Gestalt vorbei, einem weißhaarigen Greis, dessen Blick ihn noch lange im Rücken sticht. Auch wenn ihm vom sternenklaren Himmel der Vollmond den Weg beleuchtet, so stolpert er dennoch ein übers andere Mal, fällt hin und kommt nur mit Mühe wieder auf die Beine. Die entlaubten Bäume übersieht er, die sich ihm von links und rechts zuneigen, als ob sie ihn stützen wollten. Nicht einmal das ungewöhnlich laute Rauschen der Lorze hört er. Nur das seltsame Aufblitzen von grünem Licht am Nachthimmel nimmt er ab und zu wahr, schiebt aber die Erscheinung seinem Alkoholpegel zu. Vor den Höllgrotten übermannt ihn schließlich die Müdigkeit so sehr, dass er sich gerade noch an einer Sitzbank festklammern kann, auf ihr zusammensinkt und augenblicklich in einen tiefen Schlaf fällt.

Er träumt, dass die Erde um ihn in Bewegung gerät. Eigenartige Geräusche schwellen an und ab. Am Himmel erscheinen Lichtschwaden, die sich wie Vorhänge im Wind bewegen; ihre Farben wechseln zwischen Grün und Blau. Plötzlich entdeckt er, wie sich in unmittelbarer Nähe das Skelett einer ruhelosen Seele aus der Erde löst, dann noch eines und immer mehr. Auch der weißhaarige Alte erscheint wieder. Um ihn herum beginnen die Gerippe einen vertrackten Tanz. Sie winden sich in einer Spirale zum Himmel und ziehen den Greis mit sich hinauf. Dort oben sind die Geräusche inzwischen zu einem grauenhaften Lärm angeschwollen. Denn aus dem Nirgendwo haben sich die bösen Seelen der sagenumwobenen Herren der Wildenburg samt ihrem Gesinde und dem üblen Pack von Rittern zu einem nicht enden wollenden Geisterzug zusammengerottet. Manche galoppieren auf glutroten Pferden, lange Feuerschweife hinter sich herziehend. Das Rasseln von Rüstungen und Klirren der Waffen mischt sich mit Fanfarenstößen und mit dem wüsten Geschrei von Hexen und Teufeln. Das wilde Auf und Ab des Zugs der Untoten lässt im Tobel die Bäume biegen und ächzen, einige drohen zu brechen. Die Lorze ist mittlerweile zu einem reißenden Fluss angeschwollen.

Mit einem Mal bohrt sich der wilde Tross hinein in den Berg und lässt die Felsen wanken. Klaus hört die Geister durch die Gänge der Tropfsteinhöhlen wüten. Als die Horde mit ohrenbetäubendem Getöse wieder herausbricht, schießt sie hinauf zu den Ruinen der Wildenburg, kurvt darum herum, um sich gleich darauf hinunter zu den tosenden Wassern der Lorze zu stürzen. Die Geisterbande rast durch die Bogen und Pfeiler der Tobelbrücken, als ob diese Bauwerke nicht existieren würden.

Unvermittelt geht eine Wandlung durch den Zug. Aus Pferden werden zwei- und vierrädrige Rennkarossen und gepanzerte Vehikel, alles immer noch von höllischem Feuer umgeben. Aus den Wildenburgern ist neuzeitliches Gesindel geworden, korrupte Politiker vielleicht oder verbrecherische Wirtschaftsbosse und Kriegsherren mit grausamen Fratzen. Ordinäres und aufgetakeltes Frauenpack begleitet sie. Schwerter, Hellebarden und Morgensterne haben sie gegen die unterschiedlichsten Feuerwaffen getauscht, mit denen sie wild um sich ballern. Bassgetriebener Hardrocksound begleitet das höllische Spektakel. Mit irrem Lärm jagt die Geisterbande kreuz und quer durch das Lorzentobel und schwängert die Luft mit bestialischem Gestank von Verbranntem und von Schwefel.

Da löst sich wie ein Todesengel eine Frauengestalt aus dem Zug, stößt hinunter zu dem auf der

Bank Liegenden und brennt ihm mit einem glü-
henden Eisen unbarmherzig ein Feuerzeichen auf
die linke Hand. Klaus schreit auf vor Schmerz, aber
auch, weil er in der Gestalt seine verlorene Angebetete wiederzuerkennen glaubt. Im selben Augenblick erwacht er und der teuflische Spuk ist vorbei.
Er sinkt in einen traumlosen Schlaf, der ihn vom
Albdruck erlöst.

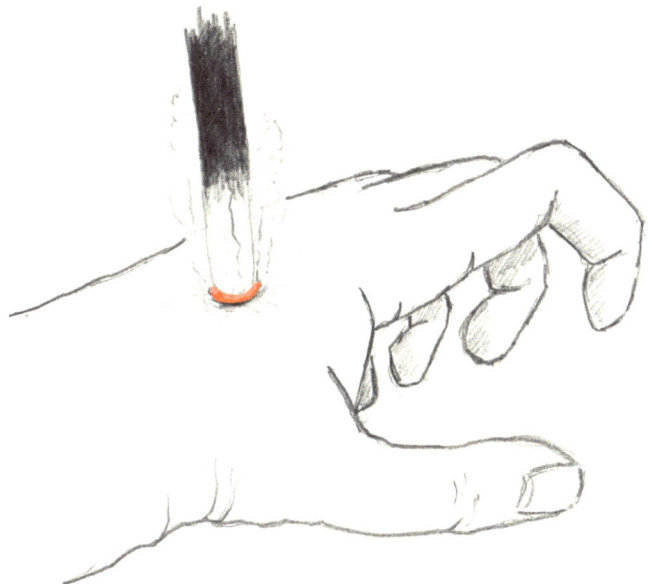

Am frühen Morgen wecken die ersten Sonnen-
strahlen den Trunkenbold auf. Klaus fühlt sich,
als ob er gerädert worden wäre. Immer noch liegt
Brand- und Schwefelgeruch in der Luft. Das höl-
lisch schmerzende Brandzeichen auf seiner Linken
sagt ihm, dass das Erlebte wohl mehr als nur ein
Spuk war. Mühsam rappelt er sich auf und macht
sich auf das letzte Stück Nachhauseweg.

Tage und Wochen dauert es, bis Klaus vom Erlebten zu erzählen wagt. Das Brandmal an seiner Hand verbirgt er mit einem unauffälligen Verband. Er traut sich nicht, es zu zeigen. Stets ernten seine Erzählungen schadenfrohes Gelächter. Nur Trunkenbolden wie ihm können so irre Träume widerfahren, frotzeln seine Freunde.

Als man ihn in einer Wirtshausrunde wieder einmal auslacht, klopft ihm unversehens ein greiser Mann auf die Schulter. Klaus dreht sich zu ihm um. Der Alte, der ihm irgendwie bekannt vorkommt, bittet ihn, ihm zu einem freien Tisch zu folgen. Eine Weile mustert er Klaus schweigend. Schließlich fordert er Klaus auf, den Albtraum in allen Einzelheiten zu schildern. Am Ende will er auch das Feuerzeichen sehen. Dann blickt er dem jungen Mann ernst in die Augen und beginnt zu erzählen:

»Von meinen Urahnen ist überliefert, dass sich – selten genug – in gewissen Nächten Unheimliches begibt, besonders wenn bei außerordentlichem Spätherbst- oder Winterwetter das Nordlicht bis in unsere Breitengrade vordringt. Man sagt, dass dies nichts Gutes verheiße, ja sogar auf bevorstehende Katastrophen, wie zum Beispiel Krieg, hindeute.

Es ereigne sich bei Vollmond und wolkenlosem Himmel. Auf unerklärliche Weise würden sich aus dem Nichts plötzlich unbändige Stürme entfachen und in Tal und Tobel wüten. Der Wind fege Bäume und Tannen kahl und peitsche so heftig auf sie ein, dass manche unter der Gewalt knickten. Gleichzeitig zögen lichterloh brennende Züge von Untoten mit so fürchterlichem Getöse und Gestank durch die Lüfte, dass längst Verblichene aus der Grabesruhe erwachten und sich den Reitern, Hexen und Vampiren anschlössen.

Was also er, Klaus, im Lorzentobel erlebt habe, sei nicht ungewöhnlich, ereigne sich aber alle ein bis zwei Jahrhunderte höchstens einmal. Das eigenartige Brandzeichen trügen übrigens alle davon, die Zeugen eines solchen Ereignisses geworden waren. Ihr Leben nehme darauf eine unerwartete Wende und mache sie oft zu ruhelosen Einzelgängern.« Nach diesen Worten löst sich der Greis in nichts auf und Klaus findet sich allein am Tisch.

Die Waldsage

Der Reckensteiner Wald ist ein vielfältiges Erholungsgebiet. Ein weit gespanntes Netz von Pfaden bietet abwechslungsreiche Routen für Spaziergänge und für Rundwanderungen. Auch Sportler kommen nicht zu kurz, weder zu Fuß noch auf Bikes. Pfadfinder und andere Jugendgruppen können spannende Abenteuer in Szene setzen. Und für Schulen sind Waldlehrpfade angelegt.

In einem abgeschiedenen Winkel des Waldes lebt eine Greisin. Nur wenige haben sie je zu Gesicht bekommen. Weil sie in Lumpen gekleidet ist und an einem knorrigen Stab geht, glauben einige, dass sie eine Hexe ist, Zauberkräfte besitzt und in Vollmondnächten ein schauerliches Unwesen treibt. Andere aber, die ihr wirklich schon einmal begegnet sind und sogar ein paar Worte mit ihr gewechselt haben, achten sie als eine weise alte Frau. Sie habe eine hohe Achtung vor der Natur, vor allem Lebenden ebenso wie vor lebloser Materie, erzählt man. Sie sehe im Wald ein Heiligtum und fühle sich als dessen Hüterin. Deshalb verwundere es nicht, dass sie plötzlich dort auftauche, wo Bäume gefällt werden oder Jäger dem Wild nachspüren und mit wüsten Flüchen und Bannsprüchen die Frevler verfluche und sich ihnen so in den Weg stelle, dass sie ihr Handwerk nicht mehr ausüben können.

In einer der städtischen Schulen gibt es einen Lehrer, der großen Respekt vor der Waldfrau hat.

Er weiß längst, dass sie eine außergewöhnliche Erzählerin ist. Desalb führt er ab und zu seine Schüler auf die große Lichtung mitten im Wald, wo sie mit der Alten zusammentreffen. Das Merkwürdige an diesen Treffen ist, dass er sich mit ihr nicht abzusprechen braucht, weder über den Tag noch über die Stunde. Immer auf dem gleichen Baumstrunk sitzend, erwartet sie den Lehrer und seine Schar zur

richtigen Zeit. Haben die Schüler auf dem Weg noch munter geplappert, so verstummen sie stets beim Anblick der Gestalt mit den langen weißen Haaren. Die Alte ist zwar nur in braungraue Lumpen gekleidet – aber dennoch strahlt ihr faltiges Gesicht eine große natürliche Würde aus. Unaufgefordert setzen sich die Kinder im Halbkreis um die Waldfrau und blicken stumm, aber voller Erwartung in zwei gütige Augen. Nur das Frühlingskonzert der Vögel und das Rauschen des Waldes ist noch zu hören. Nach einer Weile hebt die Waldfrau mit magischer Stimme an, zu erzählen.

»Da, wo sich heute Reckensteins Wald wie ein Teppich über die Ebene und Hügel legt, hatten die Gletscher nach der Schmelze eine trostlose Öde hinterlassen. Nur nach und nach vermochten sich zwischen dornigen Sträuchern wenige essbare Gräser und Pflanzen anzusiedeln. In dieser geizigen Natur fristeten zwei junge Menschen ihr karges Leben. Beide waren geächtet und vertrieben worden, weil sie sich den überaus strengen Regeln des Zusammenlebens ihrer Stämme nicht länger beugen mochten.

Tagelang waren sie im Ödland herumgezogen und hatten mit dem Wenigen, das ihnen die Natur bot, Hunger und Durst gestillt. Es war Pamo, der Jäger, der Lesa beim Sammeln von Beeren und Kräutern zuerst entdeckte. Als sie den heranschleichenden Mann plötzlich hinter sich gewahrte, floh sie zu Tode erschrocken. Pamo, sehnig und kraftvoll, holte sie rasch ein und zwang sie zu Boden. Der wütende Kampf zwischen den beiden dauerte so lange, bis die beiden erschöpft aufgaben. Nur langsam wichen Lesas wild flackernden Augen misstrauischen und dennoch neugierigen Blicken. Und da sie schließlich gegenseitig keine Gefahr sehen konnten, ließen sie voneinander ab und nahmen Distanz.

Es war Respekt, der die zum Alleinsein Verurteilten zusammenhielt. Mit der Zeit lernten sie das zu teilen, was sie der Natur an Essbarem abringen konnten. Lesa sammelte Pilze, Beeren, Kräuter und Wurzeln, während Pamo tagsüber mit Pfeil und Bogen auf die Pirsch ging, um Tiere am Boden, in der Luft und in Gewässern zu erlegen. Aber nicht jeden Abend brachte er Beute zurück, denn selbst für Tiere war der Lebensraum zu wenig ergiebig. In den Nächten erholten sich die beiden in jener Höhle, die Lesa schon von Anfang an Unterschlupf geboten hatte. In kalten Nächten spendeten sie sich Wärme und begannen die Liebe zu entdecken. Es kam der Tag, da Lesa ihrem Gefährten das erste Kind, einen Sohn schenkte.

Mit der Zeit fanden weitere Geächtete zu ihnen, einige mit redlicher Gesinnung, andere von so üblem Schlag, dass sie vertrieben oder wenn es sein musste, im Kampf getötet wurden. Die Wenigen entwickelten ein Gefühl von Zusammengehörigkeit und pflegten eine Kultur gegenseitiger Achtung. Der neue Stamm erhob Sonne, Mond und Sterne, aber auch Blitz und Donner zu seinen Gottheiten und verehrte sie mit Kulthandlungen. Die Götter wurden um Fruchtbarkeit für Mensch, Tier, Boden und Wasser gebeten und man dankte ihnen für alles, was sie der Gemeinschaft schenkten. Manche Stammesmitglieder drückten ihnen aber auch den Kummer aus, über was immer sie verloren oder nicht bekommen hatten.

Eines Tages spürten die Jäger eine riesige Bärin auf. Noch ehe sie einen Ring um sie schließen und ihre Speere nach ihr schleudern konnten, flüchtete das Tier durch ihre Reihe und verletzte einen Jäger tödlich. Mit wütendem Geschrei verfolgten sie das Tier bis zu seiner Höhle. Dort verschwand es und tat seinen Zorn durch fürchterliches Brüllen kund. Kurzerhand schichteten die Jäger vor der Höhle einen Haufen Sträucher auf und setzten sie in Brand. Der Wind war günstig und trieb den beißenden Rauch ins Versteck der Bärin. Mit wurfbereiten Speeren warteten sie auf ihren Ausbruch. Sie ließ nicht lange auf sich warten. Mit einem gewaltigen Satz versuchte sie, sich ins Freie zu retten. Aus der Freiheit wurde nichts. Von mehreren Wurfgeschossen tödlich getroffen brach das Tier zusammen. Erst als Blut aus ihrem Rachen quoll, wich die Angst der Jäger und machte einem Freudengeschrei Platz.

Einige besonders Mutige wagten sich in die Höhle. Sie fanden ein kleines Wollbündel, ein Bärenjunges, das kläglich wimmernd neben einem kopfgroßen, kantig geformten und durchscheinenden Stein lag. Für die Jäger gab es keinen Zweifel: Ein so außergewöhnlicher Stein konnte nur den Göttern gehören; sie hatten gefrevelt, weil sie dessen Hüterin umgebracht hatten. In einer Art Trauerzug brachten sie die Bärin, ihr Junges und den seltsamen Stein samt dem toten Jäger zurück in die Siedlung. Der Schamane ordnete ein eintägiges Ritual auf dem Anger an, um die Gottheiten um Vergebung zu bitten. Den toten Jäger lehnten sie am Rande des Platzes an einen Findling, damit auch er an der Zeremonie teilhaben konnte. Als genug Sühne geleistet war, bestatteten sie den Toten im Feuer und gaben ihn so den Göttern zurück. Die Bärin aber verzehrten sie mit Ehrfurcht, denn sie konnten es sich nicht leisten, Essbares zu verschwenden. Den Kristall der Götter, wie sie den gefundenen Stein nannten, setzten sie auf den Findling und verehrten ihn von da an als Sinnbild ihrer Götterwelt. Die Frauen zogen das Bärenjunge, ein Männchen, auf.

Dieses dankte es ihnen bald einmal als wachsamer Beschützer der Siedlung.

Die Stämme, von welchen die Siedler einst ausgestoßen worden waren, hörten bald einmal vom Tun der Vertriebenen, vor allem aber vom magischen Kristall der Götter, welcher der Sippe angeblich Schutz und Glück brachte. Sie sandten Kundschafter aus, um zu erfahren, wie diese Kostbarkeit geraubt und die Siedler ausgeplündert, ja sogar ein für alle Mal vernichtet werden könnten. Doch der Bär entdeckte die Späher jedes Mal, erschreckte sie mit wildem Gebrüll und rief so die Männer der Siedlung herbei. Diese überwältigten die Späher, fesselten sie und horchten sie unzimperlich aus. Dabei erfuhren sie, dass die Feinde beabsichtigten, die Siedlung mit einer Horde von Kriegern anzugreifen, auszurauben und zu vernichten.

Darauf versammelte sich die Sippe vor dem Findling mit dem Kristall der Götter. Sie hielten Rat und baten die Gottheiten schließlich um Hilfe. Da hörten sie plötzlich eine Stimme vom Himmel, die ihnen versprach, dass ihnen alsbald Schutz gewährt werde. Allerdings unter der Bedingung, dass sie den Kristall der Götter samt Findling mitten auf dem Dorfplatz im Boden vergruben, so dass er nie mehr der Habsucht von Fremden ausgesetzt würde.

Drei Tage lang hoben Männer und Frauen, Junge und Alte eine tiefe Grube für ihren kostbaren Schatz aus. Sie rollten den Findling hinein, setzten den kostbaren Kristall wieder drauf, deckten die Grube zu und verwischten alle Spuren. Am darauf folgenden Morgen rieben sich die Siedler erstaunt die Augen. Denn in der Ferne war zu sehen, wie rundum ein Tannenwald unheimlich rasch heranwuchs und sich der Siedlung unaufhaltsam näherte. Nach wenigen Tagen war die Siedlung von einem undurchdringlichen Wald vollständig eingeschlossen.

Von da an erreichten ihre Feinde die Siedlung nie mehr. Sie vermochten das Gehölz gar nicht zu durchdringen. Nur die Siedler selbst konnten sich frei darin bewegen. Auch unschuldig Ausgestoßenen soll der Wald weiterhin den Weg zur Siedlung geöffnet haben. Aber weder sie noch die übrigen Siedler bekamen den sagenumwobenen Kristall der Götter je wieder zu Gesicht.

Die große Waldlichtung, an deren Rand wir uns jetzt gerade befinden, ist alles, was von der Siedlung übrig geblieben ist. Es ist heiliger Boden, denn irgendwo tief in der Erde ruht der Findling mit dem Kristall der Götter. Man sagt, dass rechtschaffene Leute in klaren Vollmondnächten hier eine magische Lebenskraft erfahren.«

Nach einer kurzen Pause hebt die Waldfrau ihre Arme zum Himmel und ruft: »Niemals, gar niemals darf der Reckensteiner Wald missbraucht werden, denn die Geister der verstorbenen Siedler und ihre Götter würden der Stadt Unglück bringen«.

Mit diesen Worten steht die Alte auf, dreht sich um und verschwindet gemessenen Schrittes von der Lichtung. Es dauert eine ganze Weile, bis der Bann, der sich über die Zuhörer gelegt hat, gebrochen ist, die Schüler aufstehen und mit leisem Gemurmel ihrem Lehrer zurück in die Stadt folgen.

Die Weissagung

Es war einmal eine abgeschiedene Insel weit draußen im Meer. Hier waren vor langer Zeit Ausgesetz-
te angelandet. Zuvor waren sie von den Schergen
ihrer Herrscher auf kaum taugliche Floße getrieben
und der rauen See ausgeliefert worden. Das Wenige, das sie besaßen, wurde ihnen geraubt. Die Fürs-
ten hatten sich der Kaste dieser Armen entledigt,
weil ihnen ihre legendäre Weisheit genauso wie
ihre Armut lästig geworden waren. Am meisten jedoch fürchteten die Herrscher die Weissagung der
Hohen Priester, wonach eines Tages diese Kaste unter Führung einer Frau das Fürstengeschlecht aus-
löschen werde.

Die Überlebenden begannen, ihre neue Heimat
urbar zu machen. Nach und nach wurden Dörfer
gebaut, später sogar eine Stadt. Im Andenken an
ihre weisen Vorfahren pflegten die Vertriebenen
eine eigenartige Kultur. Ihre Anführer waren Frau-
en. Armut galt als höchstes Gut. Auch dann noch,
als sich nach und nach eine kleine Minderheit von
Wohlhabenden entwickelte. Die Armen blieben
hochgeachtet, während die Betuchten bedauert
wurden. Es war verpönt, mit Reichen befreundet
zu sein oder gar welche zu heiraten.

Eines Tages begab es sich, dass sich Kumara und
Yazmin ineinander verliebten. Er, ein stämmiger
junger Mann mit schwarzem Haar und kaffeebrau-
ner Haut, gehörte zur Bevölkerungsmehrheit der

Armen, während sie aus der bedauerlichen Minderheit der Wohlhabenden stammte. Yazmin war eine Schönheit mit pechschwarzem Haar, das ihr bis zu den Hüften reichte. Zwar waren sich die beiden ihrer unmöglichen Lage bewusst. Doch ihre innige Zuneigung war mächtiger als die Vernunft. Trotzdem wagten sie es nicht, sich in der Stadt zusammen zu zeigen. Wollten sie sich sehen, so mussten sie sich heimlich von zuhause wegstehlen und in die Urwälder verschwinden.

Die beiden entdeckten eine vergessene Waldhütte, die ihnen Unterschlupf bot. Aus biegsamen Zweigen bereiteten sie sich ein Lager, das sie mit Blättern und wohlriechenden Blüten polsterten. Sie liebten sich so leidenschaftlich, wie es nur jungen Menschen vergönnt ist. In wohliger Müde und eng umschlungen schliefen sie hinterher ein. Wenn sie aufwachten, teilten sie sich ihre Träume.

Eines Tages spürte Yazmin, dass in ihr ein Kind keimte. Das machte die beiden noch glücklicher. Aber gleichzeitig legte sich auch ein Schatten der Angst über sie, weil sie befürchteten, dass Yazmins Zustand in der Stadt bald entdeckt werde. Noch kam der werdenden Mutter die Bekleidung der Frauen zugute; die wickelten sich nämlich in eine Art Sari, der Rundungen aller Art gnädig verdeckte.

Es kam die Zeit, da Yazmins Rundungen nicht mehr zu übersehen waren. Und die verbotene Liebschaft wurde zum Klatsch. Bei Kumaras Angehörigen war der Zorn groß über die Tabubeziehung. Hingegen sorgten sich Yazmins Eltern um die werdende Mutter. Bald einmal mochte das Paar den Druck nicht mehr aushalten und zog sich endgültig in die Waldhütte zurück. Wo das war, wussten nur die engsten Freunde, die sie fortan mit dem Nötigsten versorgten.

Unter dem herrlichen Sternendach einer Neumondnacht gebar Yazmin, Kumara und der Welt eine gesunde Tochter, die lauthals ihre Ankunft kundtat. Gerührt reichte der Vater seiner müden, aber glücklichen Frau das winzige Neugeborene, das sie unter Freudentränen an ihre Brust drückte.

Als ob der Wald dem Ereignis gelauscht hätte, näherten sich von allen Seiten Tiere. In einem weiten Kreis ließen sie sich um das Paar nieder, Raubtiere genauso wie Schlangen, Echsen und Vögel. Für einmal unterließen die Befeindeten das Fauchen. Im Schutzwall, den die Tiere um die Familie zogen, herrschte friedliche Ruhe.

Auch in der Stadt begann sich die Geburt herumzusprechen. Um sich als Arme und Reiche nicht zu begegnen, nutzten die Menschen für ihre neugierigen Besuche das Dunkel der Nacht. Stets öffneten ihnen die Tiere den Kreis und ließen sie unbehelligt nähertreten. Es schien das Neugeborene in den Armen der jungen Mutter zu sein, das das verhärtete Herz so mancher Besucherin und so manchen Besuchers erweichte. Verstohlen reichten sich diese und jene die Hände.

Die Leute überraschten die junge Familie mit Speisen und Getränken, Kleidern oder Blumen. Einige Kinder schenkten dem neugeborenen Mädchen sogar ihre Spielzeuge.

Auf der Insel lebte ein hoch geachtetes Paar, beide uralt und mit gebeugten Rücken. Ihr Haar war weiß wie Muschelkalk. Man nannte sie die Hüter.

Auch sie tauchten eines Tages bei der Waldhütte auf. Weil ihre Beine sie kaum noch tragen konnten, stützten sie sich gegenseitig und zusätzlich auf ein Schwert und ein Ruder. Es waren jene zwei Gegenstände, welche die Verstoßenen damals auf die Floße retten konnten. Seither galten diese Gegenstände als heilige Reliquien, wurden von Generation zu Generation weitergegeben und von würdigen Menschen aufbewahrt.

Bei Ankunft der Hüter verstummte die Menge ehrfürchtig. Die Greise musterten Menschen und Tiere lange. Dann taten sie etwas Seltsames. Mit einer Kraft, die man ihm nicht zugetraut hätte, zerbrach der greise Hüter über einem Baumstrunk das Schwert und warf die Hälften zu Boden. Ebenso verfuhr die Hüterin mit dem Ruder, erhob ihre Stimme und sprach zum Neugeborenen:

»Mädchen, du bist auserwählt, die überlieferte Weissagung der Hohen Priester, die bisher auf uns

Vertriebenen lastete, für immer aufzuheben. Das Ruder, das uns eines Tages hätte aufs Festland zurückbringen sollen, ist jetzt zu nichts mehr nütze.«

Der Greis fuhr fort: »Und das Schwert, das dazu bestimmt war, das Fürstengeschlecht zu vernichten, ist nun zerstört. Du sollst von nun an den Namen ›Eirene, Hüterin des Friedens‹ tragen. Bringe Frieden zwischen die Armen und Reichen, ja zu allen Menschen. Lass sie sich die Hände reichen, heute und immer. Der Tag deiner Geburt soll uns daran erinnern«.

Das greise Paar stimmte ein fröhliches Lied an. Alle fielen ein und feierten so die Ankunft ihrer neuen Hüterin.

Sisyphos' Erkenntnis

Alles hatte damit begonnen, dass ich mich mit dem allmächtigen und überheblichen Götterfürsten Zeus angelegt und ihn mitten ins eitle Herz getroffen hatte. Unerbittlich, wie hohe Herren mit Widerborstigen bis auf den heutigen Tag nun einmal umgehen, ließ Zeus mich – Sisyphos –, den Fürwitzigen, durch seinen Sendboten, den Totengott Thanatos, in die Unterwelt abführen.

Wäre ich nicht der verschlagenste aller Menschen gewesen, so wäre ihm das auch gelungen. Ich narrte Thanatos, legte ihn in Fesseln und niemand konnte mehr sterben. Damit hatte ich den Bogen wohl überzogen. Zeus sandte Ares, um Thanatos zu befreien. Mit vereinten Kräften zwangen sie mich zurück ins Reich der Schatten. Doch hatte ich im Voraus noch eine zweite List ersonnen, denn ich verbot meiner Gattin das Totenopfer für meine Seele.

Damit erzwang ich von Hades einen Urlaub, um die säumige Gattin an ihre Pflicht zu erinnern. Ich aber nutzte die Gelegenheit nur, um wieder in Freuden in meiner Stadt Korinth zu leben. Zeus sandte im Zorn abermals nach Thanatos, der mich diesmal endgültig in die Unterwelt schleppte. Auf der Stelle und auf ewig wurde ich damit bestraft, einen gigantischen Marmorbrocken auf die Kuppe eines Hügels zu stemmen. Bekanntlich ist mir der Stein jedes Mal entglitten, noch bevor ich ihn über den Gipfel stoßen konnte.

Oben in der Welt der Lebenden ist mein absurdes Tun längst als »Sisyphosarbeit« in aller Munde. Die Philosophen haben ein unerschöpfliches Wirkungsfeld entdeckt und lassen sich aus über Sinn und Widersinn meines Tuns.

Ich, Sisyphos, bleibe dabei: Der aufgeblasene Zeus hatte die Kontrolle über sich verloren, nur weil ich, nichtsnutzige Kreatur von einem Menschen, es wagte, ihm die Stirn zu bieten und sein göttliches Kavaliersdelikt, den Raub einer anmutigen Nymphe, öffentlich zu machen. Mehr als drei Jahrtausende habe ich mir den Schweiß von Körper und Gliedern rinnen lassen, ohne je zur Besinnung zu kommen.

Kürzlich ist der Stein stecken geblieben, ganz oben, wo er nie hätte stecken bleiben dürfen. Ich ahnte Unerwartetes. Denn innere Stimmen flüsterten mir seit Tagen etwas zu, dass ich nicht verstand. Und jetzt ist das scheinbar Unmögliche geschehen. Es versetzte mich erst in Erstaunen, dann in Entsetzen und schließlich in blanke Wut. Seit Menschengedenken bin ich es gewohnt, meinen Steinkoloss unter Einsatz all meiner Kräfte Richtung Gipfel zu stemmen – nur um ihn oben sofort aus den Händen zu verlieren und zusehen zu müssen, wie er wieder nach unten poltert, damit ich die Arbeit immer und immer wieder beginnen muss. Im Laufe der Zeit ist es mir gelungen, die Schikane in eine Übung zur Stählung meines Körpers zu verwandeln. Stein und Hügel sind mit mir eins geworden. Nein, wir waren es. Denn mein Stein steckt nun fest und mein Hügel hat sich mit ihm gegen mich verbündet. Verrat! Der Schmerz ist unerträglich.

Nichts anderes bleibt mir, als unter Aufwendung all meiner Kräfte die undankbaren Widersacher voneinander zu trennen, den widerspenstigen Brocken ins Rollen zu bringen, ihn wieder auf den rechten Weg zu zwingen und wie gewohnt hinterher zu rennen. Unten angekommen breche ich diesmal neben meinem Stein am Fuße meines Hügels zusammen.

Ich muss lange liegen geblieben sein. Schließlich zwinge ich mich mühsam auf die Beine, steige auf den Marmorbrocken und versuche, meinen Zorn zu besänftigen.

»Habe ich Euch nicht Tag und Nacht, Jahr um Jahr, Menschenalter um Menschenalter wie Freunde gepflegt? Sorgfältig darauf geachtet, dass Du, Stein, keinen unnötigen Splitter verloren hast? Dass mit jedem Auf und Ab des Steins Deinen edlen Furchen, Hügel, immer mehr Vollkommenheit geschenkt wurde?

Haben wir drei dem hochmütigen Zeus nicht gemeinsam getrotzt, wenn auch absichtslos? Haben wir nicht meine sinnlose Strafe in edle Freundschaft verwandelt?

Doch auch das scheint dem Götterfürsten jetzt nicht genehm zu sein. Ich, nein, wir sind ihm außer Kontrolle geraten. – Sei verflucht, Zeus!«

Wie ein Faustschlag donnert ein gewaltiger Blitz vom Himmel und schlägt in nächster Nähe ein. Dann herrscht lähmende Stille.

Und aus der Stille – ich kannte bisher nichts als solche Stille, unterbrochen nur von meinem eigenen Ächzen und vom Poltern des herunterstürzenden Steins –, aus dieser Stille dringt mit einem Mal das Rauschen von Wasser an meine Ohren und lässt mich den Kopf heben. Zum ersten Mal seit Jahrtausenden erwachen meine Sinne und öffnen sich einer Landschaft rund um mich. Das Licht der aufsteigenden Sonne zeigt mir blumenübersäte Wiesen und das ausladende Geäst von prächtigen Bäumen. Ein Fluss durchzieht die Ebene in Mäandern. Am Flussufer weiden Tiere. Menschen begleiten sie. Am Horizont liegen sanfte Hügel und hochaufragende, schneebedeckte Bergspitzen. Ich, Sisyphos, glaube mich im Himmel.

Ich steige vom Stein und mache mich auf, meinen Olymp zu erwandern. So wie Schritt um Schritt die Entfernung von den alten Gefährten Stein und Hügel größer wird und sich meine Sinne dem Neuen öffnen, so mehrt sich auch der Abstand zum Dunkel meiner Vergangenheit.

Mit jedem Tritt wächst in mir eine neue Einsicht: Ich habe meine Wirklichkeit und mein Schicksal selber geschaffen. Das vergangene ebenso wie das jetzige und auch mein künftiges. Die strafende Götterwelt des Olymp war ein Trugbild; mein stolzer und ungebührlicher Lebenswandel hatte es als Warnung entstehen lassen. Und jetzt, da ich Läuterung erfahren habe, kann sich aus meinem Inneren heraus eine neue Wirklichkeit entfalten.

Immer wieder werde ich einen Weg einschlagen können, der mir Entwicklungsmöglichkeiten eröffnet. Ich kann sie annehmen oder verpassen. Selbst in der Sisyphos'schen Schlaufe bin ich gewachsen, was ich mir anfänglich nicht hätte vorstellen können. Und doch ist es geschehen, weil ich – absichtslos oder nicht – die Chance gepackt habe und mit Stein und Hügel zu einer Schicksalsgemeinschaft gefunden habe. Schmerz ist über mich gekommen, weil Gewohnheit und Verschworenheit jäh zerbrachen. Hätte nicht der Blitz meine Sinne aufgeweckt, wäre ich vielleicht zum Steinschieben zurückgekehrt, statt in die neue Wirklichkeit aufzubrechen.

Unheimlich

Das Paket

Es wurde wahrscheinlich mit der Morgenpost gebracht: Ein ganz gewöhnliches Paket in braunem Packpapier, verschnürt mit einer derben Hanfschnur. Es unterschied sich in nichts von tausend anderen Paketen, wie sie Postboten tagtäglich austragen. Dennoch schien es mit diesem eine besondere Bewandtnis zu haben.

Der Postbote hatte nämlich weder geklingelt, noch sich sonst wie bemerkbar gemacht. Das Ding lag einfach vor meiner Haustüre. Vor lauter Überraschung vergaß ich, dass ich eigentlich die Morgenzeitung aus dem Milchkasten holen wollte. Ich fasste das Paket an der doppelten Verschnürung, um es aufzuheben. Doch mit nur einer Hand gelang mir das nicht; obwohl nicht größer als eine Schuhschachtel war es unglaublich schwer. Ich musste mit beiden Händen zupacken und meine ganze Kraft aufwenden, um es ins Wohnzimmer zu tragen und auf den Tisch zu heben. Hinter mir fiel die Haustüre mit einem lauten Knall ins Schloss.

Und nun liegt es vor mir. Meine Adresse ist in einer energischen, aber mir unbekannten Handschrift geschrieben. Korrekt, nur fehlt der Absender.

»Da hat sich doch jemand einen Scherz erlaubt«, brumme ich und versuche – erneut beidhändig – durch drehen, kippen und rütteln der gewichtigen Sendung, ihr etwas über den Inhalt zu entlocken. Das einzige hörbare Geräusch ist das Knistern des Packpapiers. Spannung und Misstrauen kommen auf. Doch das Misstrauen überwiegt, ich ahne nichts Gutes.

Während ich weiter über die seltsame Sendung grüble, halte ich plötzlich wie von Geisterhand gereicht eine Schere in der Hand. Ohne zu überlegen durchtrenne mit zwei kräftigen Schnitten – ritsch, ratsch – die Verschnürung. Leicht gebückt, die Schere immer noch in der Hand, schleiche ich um den Tisch herum und mustere mit kritischem Blick das geheimnisvolle Etwas. Kurz entschlossen schlitze ich das Packpapier auf und reiße es weg: Zum Vorschein kommt eine weiße Schachtel. In derselben energischen Handschrift steht auf dem Deckel: »leichter als Du ahnst«. Die unpassende Aufschrift macht mich neugierig. Nochmals mache ich eine Runde um Tisch und Paket, um schließlich mit mulmigem Gefühl und äußerst vorsichtig den Deckel anzuheben: Nichts Gefährliches zu sehen, also Deckel weg. Drinnen nochmals eine Schachtel, diesmal eine rote. Auf diesem Deckel steht das Wort »federleicht«.

»Wer erlaubt sich solch sinnlose Späße mit mir?«, frage ich mich und werfe auch diesen Deckel zu Boden. Und zum Vorschein kommt: Ein Winzling, der auf einem Stühlchen sitzt und mir freundlich zublinzelt – ein rothaariger Clown mit Glatze, roter Nase, karierter Weste, Pluderhosen und übergroßen Schuhen. Völlig verblüfft versuche ich, den eigenartigen Besucher herauszuheben.

»Versuche es gar nicht. Ich bin viel zu gewichtig für Dich.« Sprichts, ergreift sein Stühlchen, stellt es an die Schachtelwand, steigt drauf und setzt mit einem gekonnten Sprung über den Rand, landet mit einer Rolle auf dem Tisch, watschelt zur Kante, setzt sich und lässt die Beine über den Tischrand baumeln und ... beginnt zu wachsen, bis er so groß ist wie ich. Mir bleibt der Mund offen.

»Da staunst Du, was!«

»Wer hat Dich geschickt?«

»Möchtest Du das wirklich wissen?«

»Eigentlich egal. Was willst Du?«

»Du kannst mich was fragen.«

»Warum sollte ich?«

»Weil dir das Grübeln ins Gesicht geschrieben steht.«

»Und was geht dich das an?«

»Es ist mein Beruf, die Leute zum Lachen zu bringen.«

»Ich bin nicht ›die Leute‹, ich bin ... ich bin ... und für Späße bin ich überhaupt nicht zu haben.«

»Na, na, na!

»Trage Du mal meine Last!«

»Ist sie schwerer als ich es war?«

»Viel schwerer!«

Der Clown lacht und lässt die Beine baumeln.

»Was gibt es da zu lachen?«

»Du lässt die Mundwinkel hängen – so gekonnt wie ein Clown. Diese Mimik übe ich manchmal beim Schminken vor dem Spiegel; denn selbst mit einem traurigen Gesicht muss ich meine Zuschauer zum Lachen bringen können. Dir rate ich allerdings, eher das Lächeln zu üben – jeden Tag, ob vor dem Spiegel oder draußen auf der Straße: Es kommt zu Dir zurück.«

»Mach dich nur lustig über mich.«

»Mal im Ernst: Wann hast Du das letzte Mal gelacht und worüber?«

»Gelacht nicht gerade, aber geschmunzelt. Zum Beispiel über einen gelungenen Passierschlag beim Tennis.«

»Vom Partner oder von Dir?«

»Vom Partner wenn er gekonnt an mir vorbei gespielt hat. Im anderen Fall wäre es ja Schadenfreude, und das ist nicht meine Art.«

»Aha, aber herzhaft lachen: Kannst Du das auch?«

»Lass mich nachdenken. – Ja, übermütig lachende Kinder stecken mich immer an. Ihre Unbeschwertheit tut mir gut.«

»Der weise Mönch, Arnaud Desjardin, drückt es so aus: ›Kinder, Alte und Vagabunden können unbeschwert aus vollem Herzen lachen. Sie haben nichts zu verlieren und nichts zu gewinnen. In der

Begegnung mit ihnen erfahren wir eine köstliche Atmosphäre der Einfachheit, des tiefen Friedens.‹«

»So empfinde ich auch.«

»›Unbeschwert‹ ist ein gutes Wort, ›etwas zu schwer nehmen‹ auch.«

»Worauf willst Du hinaus?«

Elegant gleitet der Clown vom Tisch, um mit großer Leichtigkeit wie ein Ball wieder aufzuspringen und hierhin und dorthin zu hüpfen.

»Siehst du nicht, dass ich federleicht bin? Aber Deine schlechte Stimmung und Dein Misstrauen ließen Dir das Paket gewichtig vorkommen. Und das ist ja nicht das Einzige, was dir momentan zu schwer erscheint. Verzeih mir, wenn ich Dir's sage: Es ist nichts Intelligentes daran, unglücklich zu sein.«

»Ja, ja, ja, hör auf damit!«

»Hand aufs Herz, Du trauerst um zwei Freunde, die Du in diesen Tagen verloren hast.«

»Und woher willst Du das nun wieder wissen?«

»Ich weiß es eben.«

»Tatsächlich hat der Tod den einen, den Rechtschaffenen, durch einen Hirnschlag jäh aus dem Leben gerissen. Den anderen habe ich verloren, nachdem ich entdecken musste, dass ich mich jahrelang in ihm getäuscht habe. Der ist allerdings noch quicklebendig.«

»Was will Dir das sagen?«

»Das Bild, das ich vom Redlichen immer noch in mir trage, ist der oft verschmitzt lächelnde Freund. So gesehen habe ich ihn nicht verloren, denn er lebt in meinen Erinnerungen weiter.«

»Und der Andere?«

»Es ist mir bewusst geworden, dass ich oft zu leutselig und zu wenig kritisch bin. Und das hat manchmal seinen Preis.«

»Wirst Du Dich jetzt von ihm trennen?«

»Nein. Ich werde den Gestrauchelten im Gefängnis besuchen, denn mich persönlich hat er nie über den Tisch gezogen.«

»Ist Dir jetzt leichter ums Herz?«

Noch bevor ich antworten kann, spüre ich, wie der Boden zu wanken beginnt. Geräusche von knackendem Holz kommen dazu. Und ... ich erwache aus meinem Traum. Ich finde mich draußen im Garten in den Trümmern meines altersschwachen Liegestuhls. Schlaftrunken rappele ich mich auf und hebe das Buch ›Die Weisheit des Buddhismus Tag für Tag‹ vom Boden auf. Die aufgeschlagene Buchseite erinnert mich nochmals: »Es ist nichts Intelligentes daran, unglücklich zu sein.«

Der schwarze Mönch

Die Karwoche fiel dieses Jahr auf den spätest möglichen Termin – auf Ende April. Ebenso ungewöhnlich war auch die glühende Hitze. Unbarmherzig brannte die Mittagssonne auf das Dorf nieder und lähmte das Leben. Vor dem Kaffee am Dorfplatz sassen einige Handwerker beim Mittagessen unter zwei schattenspendenden Kastanienbäumen.

Die Kellnerin servierte gerade den Kaffee, als an der Haltestelle gegenüber der Linienbus anhielt und ein einziger Passagier ausstieg, ein großer hagerer Mann in einer schwarzen Soutane. Das bleiche Gesicht mit den auffällig vorstehenden Backenknochen und der bis auf die schwarze Tonsur kahl rasierte Schädel, verliehen dem Fremden etwas Dämonisches.

Den Gästen im Kaffee lief es beim Anblick der unheimlichen Gestalt trotz Hitze kalt über den Rücken. Was jedoch ganz und gar nicht zum asketischen Aussehen des Ankömmlings passte, war der prall gefüllte, tarnfarbene Armeerucksack, den er auf den Boden stellte. Einige erzählten später, am Rucksack sei eine Art Buschmesser befestigt gewesen; der Fremde habe wie ein Krieger Gottes ausgesehen.

Ohne seine Zuschauer zu beachten, begann er, bei der Haltestelle bedächtig auf- und abzuschreiten. Mit der Rechten griff er zum Rosenkranz, der am Gürtel baumelte, und zählte die hölzernen Perlen zum Gebet. Ab und zu erhob er den Blick zum Himmel.

Als es von der nahen Pfarrkirche ein Uhr schlug, hielt die eigenartige Gestalt im Gehen inne und schaute sich um. Erst jetzt schien der Mönch die paar Menschen zu bemerken, welche von gegenüber sein Ritual neugierig verfolgten. Weder nach rechts noch nach links schauend überquerte er die Straße und schritt auf die Leute zu. Ohne ein einziges Grußwort zu verlieren, fragte er mit furchteinflößender Stimme, ob ihm jemand den Weg zur Büßerkapelle beschreiben könne.

Natürlich wussten die Dörfler um die unheimliche Ruine im Wald, weit abseits vom Dorf; dort sollen der Sage nach vor vielen Jahrhunderten asketische Mönche gelebt haben. Mit spürbarem Misstrauen musterte die Kaffeerunde den unhöflichen Fremdling. Schließlich überwand sich ein kecker junger Maler und beschrieb ihm den Weg. Er bot ihm sogar an, ihn mit dem Auto in die Nähe der Kapelle zu fahren. Der Fremde ging nicht darauf ein. Wortlos wies er mit der Hand gegen den Himmel, als wollte er sagen, der Herr werde ihm den Weg schon weisen. Ohne Dank drehte er sich um, kehrte zurück zu seinem

Rucksack, ergriff ihn, schwang ihn sich auf den Rücken und machte sich mit zügigem Schritt auf in die beschriebene Richtung. Die Leute schüttelten den Kopf: Was für ein seltsamer Kauz!

In den nächsten Tagen war der eigenartige Ankömmling Dorfgespräch. Von einem Wandermönch war die Rede. Im Dorfladen gleich neben der Bushaltestelle behauptete das Dorforiginal, eine geschwätzige magere Frau mit Geiernase und strähnigem Haar, es handle sich ohne jeden Zweifel um einen Bettelmönch. Es wurde soviel geredet und geschwatzt, dass am Ende nicht mehr klar war, ob sich nur ein Geist manifestiert hatte, oder ob es tatsächlich ein Mensch aus Fleisch und Blut gewesen war.

Die Greisin vom Reckenberger Hof, von der niemand wusste, wie alt sie eigentlich war, kannte viele Sagen. Als sie in jenen Tagen wie gewohnt an der Jahresversammlung des Frauenvereins teilnahm, fragte man sie nach der Geschichte der Büßerkapelle. Und so holte sie die Sage von dem alten Gemäuer aus ihrem Gedächtnis hervor. Es sei eine Geschichte, welche schon ihre Urahnen erzählt hatten. Demnach sei im Mittelalter ein Pilgerzug Flagellanten im Dorf erschienen, Kapuzenmänner in rabenschwarzen Mänteln mit auffällig roten Kreuzen auf Brust und Rücken. Sie führten Peitschen mit sich, deren Enden mit Eisenstacheln bestückt waren. Man glaubte zu wissen, dass sich diese Pilger täglich die Körper gegeißelt hätten – vor Sonnenaufgang und nach Sonnenuntergang. Das geschah tief drinnen im Forst, in welchem der merkwürdige Zug verschwunden war. Aus dem Gehölz, das damals noch bis an den Dorfrand reichte, waren

bald die Geräusche von Holzschlag und von Stein-
klopfen zu hören – manchmal bis tief in die Nacht
hinein. Ein paar Männer fassten sich ein Herz und
wagten sich hinein in das Dunkel des Waldes. Sie
berichteten, sie hätten die Fremden beim Errichten
eines Baues aus groben Quadern und aus Holzbal-
ken beobachtet. Das müsse wohl dereinst eine Kapelle werden, vermuteten sie. Andere Neugierige
schilderten ein grausiges Ritual, das sich an einem
Karfreitag zugetragen haben soll. Die Fremden hätten vor ihrem halb fertigen Bauwerk einen Scheiter-
haufen aufgeschichtet, in dessen Mitte ein mächti-
ges Kreuz steckte. Dann sei der Holzstoß entzündet
worden. Sie hätten sich die Oberkörper entblößt,
seien mit vertrackten Gebärden um das lodernde
Feuer getanzt und hätten sich mit ihren Peitschen
so lange die Haut blutig geschlagen, bis auch der
letzte Tänzer ohnmächtig im Staub zusammenge-
brochen war. Wochen später waren die seltsamen
Mönche ohne Spuren zu hinterlassen aus der Gegend verschwunden. Die Steinruine nannte man
fortan die Büßerkapelle.

Die Erzählung der Greisin regte die Abenteuerlust der jungen Handwerker so sehr an, dass sie sich
unter der Anführung des kecken Malers wiederholt
zur Büßerkapelle wagten, um nach dem Krieger
Gottes Ausschau zu halten. Immer in kleinen Gruppen, denn irgendwie saß ihnen das Gruseln doch in
den Knochen. Manchmal wagten sie es auch nachts.
Aber außer dem Ruf von Eulen und dem Knacken
von dürrem Geäst hörten oder sahen sie nie etwas.
Nur ein einziges Mal wollten sie das Heulen eines
Wolfes gehört haben, was wohl ihrer überspannten

Fantasie zuzuschreiben war. Allerdings ernteten sie bei den Jägern im Dorf mit ihrem Bericht nur Gelächter. Mit der Zeit legte sich die Abenteuerlust. Selbst der schwarze Mönch, von dem immer noch niemand wusste, wohin er verschwunden war, ging vergessen.

Bis eines Abends ein junges Paar sich zu einem Liebesabenteuer tief in den Wald zurückzog. Ohne es zu ahnen, wählten sie für ihr Liebesspiel ein gut geschütztes Plätzchen unweit der Büßerkapelle, die jedoch in der Dämmerung nicht auszumachen war. Eng umschlungen vergaßen sie auf dem weichen Moos die Welt. Nicht einmal der schaurige Ruf einer Eule vermochte die beiden zu stören. Dann aber ließ sie ein Knacken im Unterholz plötzlich aufhorchen. Sie setzten sich auf und sahen im Dämmerlicht eine schemenhafte Gestalt, die sich ihnen bis auf etwa fünfzig Meter näherte. Sofort fiel den beiden der Krieger Gottes ein. Auf den Schultern trug er eine Last und warf sie zu Boden. Unverzüglich begann er, dürres Geäst zusammenzutragen. Dabei wäre er beinahe über die zwei Liebenden gestolpert, die sich nicht zu rühren und kaum zu atmen wagten. Schließlich bückte er sich über den Holzhaufen und machte Feuer. Im Schein der züngelnden Flammen wurden nach und nach die Ruinen der Büßerkapelle sichtbar und das, was der schwarze Mönch – ja, er war es – zu Boden geworfen hatte: Ein blutiges Bündel Tier, vielleicht ein Schaf, das offensichtlich übel zugerichtet war. Der Schwarze setzte sich auf den Waldboden und begann, mit seinem Buschmesser das Tier zu häuten und zu zerteilen, während sich die Lohen mit Fauchen und Krachen in den aufgehäuften Holzstoß fraßen. Erst jetzt wagten die zwei jungen Leute, den Lärm des Feuers zu nutzen und sich wegzuschleichen. Sie blieben unentdeckt. Draußen am Waldrand konnten sie endlich aufatmen. Das Mädchen aber brach in heftiges Schluchzen aus. Der Freund nahm sie in die Arme, um sie zu trösten. Mit einem Mal zerriss Wolfsgeheul die Stille, was die beiden Hals über Kopf nach Hause fliehen ließ. Weil sie noch allzu jung für nächtliche Liebesabenteuer waren, beschlossen sie, kein Sterbenswörtchen über ihr unheimliches Erlebnis verlauten zu lassen.

Anders die Schar Kinder, die den Wald immer wieder fürs Spielen nutzten. Eines Tages glaubten sie mitten im Spielen, eine schwarze Gestalt zu sehen. Schreiend stoben sie auseinander. Einige berichteten, sie hätten einen schwarzen Menschen ohne Kopf gesehen. Die Eltern waren hin- und hergerissen zwischen Besorgnis und Schmunzeln. Doch von jetzt an durften die Kinder nur noch in Begleitung Erwachsener in den Wald.

Gut zwei Wochen später berichtete ein Schäfer, der wie jedes Jahr mit seinen Schafen in die Gegend gekommen war, dass nachts ein Wolf den Kampf gegen seinen Schutzhund offensichtlich gewonnen, diesen schwer verletzt hatte und mit einem Schaf entkommen war. Hinterher habe der Wolf ein Geheul und Gejaule hören lassen, das ihm, dem Schäfer, durch Mark und Bein gegangen sei.

Diese Nachricht versetzte die Jäger in höchste Alarmbereitschaft. Als der Dorfbach ein paar Tage später auch noch rotes Wasser führte, wurde nicht lange gefackelt. Man rief nach dem Dorfpolizisten

– auch er ein Jäger – und schickte ihn in Begleitung von zwei weiteren Weidmännern samt Hunden Richtung Wald. Sie folgten dem Bachlauf, der seine Quelle in jenem Forst hatte, der in den vergangenen Wochen und Monaten immer wieder Grund für Gerüchte und seltsame Beobachtungen gewesen war. Je tiefer der Suchtrupp in den Forst eindrang, umso heftiger schlugen die Hunde an und zerrten an den Leinen. Unmittelbar bei der Quelle stießen die Jäger auf ein totes Schaf. Es lag im Wasser und war übel zugerichtet. Im größeren Umkreis gab es Blutspuren. Die erste Untersuchung des Kadavers ergab, dass die durchgebissene Kehle die wahrscheinlichste Todesursache war. Und aus dem Körper waren Fleischfetzen herausgerissen worden. Die Hinterläufe fehlten. Auch menschliche Fußspuren waren auszumachen. Es sah so aus, als ob ein Kampf stattgefunden hätte. Die Männer suchten die weitere Umgebung gründlich ab, fanden aber nichts Weiteres. Merkwürdig war nur, dass die Hunde immer wieder anschlugen. Schließlich kehrte der Suchtrupp ins Dorf zurück. Den Kadaver brachten sie mit, um ihn von einem Tierarzt genauer untersuchen zu lassen. Dieser diagnostizierte, dass das Schaf von einem Raubtier gerissen worden war, aller Wahrscheinlichkeit nach von einem Wolf. Doch gaben die fehlenden Hinterläufe Rätsel auf. Es sah ganz danach aus, als ob sie mit einem Beil oder etwas Ähnlichem abgetrennt worden wären. Dass in manchen der darauffolgenden Nächte Wolfsgeheul zu hören war, schien zu bestätigen, was der Veterinär vermutet hatte: Es gab neuerdings einen oder mehrere Wölfe in der Gegend.

So sammelte sich tags darauf die Jagdgesellschaft zu einer Hatz – einige begierig darauf, endlich einmal einen Wolf vor die Flinte zu bekommen. Von verschiedenen Seiten begannen Sie mit dem Durchkämmen des Forstes. Nach angespannten drei Stunden stieß einer der Männer in sein Horn und gab damit das vereinbarte Signal zum Jagdabbruch. Am festgelegten Sammelpunkt erwartete sie ein sehr ernst dreinblickender Kamerad. Wortlos führte er die Kollegen zur Büßerkapelle, wo sie eine grausige Szene erwartete. Mit zerrissener Soutane, übersät von schwersten Wunden, vor allem aber mit hässlich zerfetzter Kehle und beinahe unkenntlichem Gesicht, lag der schwarze Mönch auf der Erde – zusammengekrümmt, blutüberströmt und zweifellos tot. Seine Rechte hielt ein blutverschmiertes Buschmesser. Direkt neben ihm fand sich ein ebenfalls toter, übel zugerichteter grauer Wolf. Ein paar Schritte davon entfernt ein gerissenes Schaf. Kein Zweifel: hier, vor den Mauern der Büßerkapelle, hatte ein bestialischer Kampf auf Leben und Tod stattgefunden, den beide verloren hatten, der Mönch ebenso wie der Wolf.

Der Gerichtsmediziner berichtete später, dass Mönch und Wolf neben anderen schweren Wunden an ihren Kehlen Bissspuren aufwiesen, an denen die beiden schlussendlich verblutet sind.

Spinnen

Nach dem «bitte nehmen Sie Platz» des Psychiaters setzt sich Kurt auf die Kante des Polstersessels. Mit blutunterlaufenen Augen starrt er auf die seltsamen Bilder, die an den Wänden der Praxis hängen. Keine Spinnen, Gott sei Dank. Dem Arzt, den er seit Langem kennt, hat er schon am Telefon von den quälenden und immer wiederkehrenden Spinnenträumen berichtet.

«So, Herr Suter, erzählen Sie mal genau, was Sie diesmal plagt.»

«Spinnen eben, fast jede Nacht diese Spinnen. An einem Faden lassen sie sich von der Zimmerdecke herunter. Genau vor meinen Augen machen sie Halt.»

«Und dann?»

«Mit ihren vielen Kugelaugen starren mich die Viecher an. Gierig bewegen sie ihre Kieferklauen. Dann beginnen die grausigen Tiere zu wachsen, werden größer und größer, bis sie so mächtig wie Drachenkopffische sind. Mit ihren krakeligen Beinen greifen sie nach meinem Gesicht. Nackte Furcht treibt mir den Schweiß aus allen Poren.»

Sagts, wischt sich den Angstschweiß von der Stirn und zittert wie ein Espenlaub.

«Und weiter.»

«Völlig verstört und mit rasendem Herzen erwache ich. Wenn ich mir im Badezimmer das Gesicht abgekühlt und mich etwas beruhigt habe, pirsche ich mich vorsichtig zurück ins Schlafzimmer und forsche überall nach Spinnen, an der Decke, in den Ecken, auf dem Schrank, im Bett ebenso wie darunter. Das tue ich dann auch in allen übrigen Zimmern meiner Wohnung und in der Küche. Keinen Winkel, keine Ritze lasse ich aus. In der ganzen Wohnung schließe ich die Fenster, selbst an heißesten Sommertagen, um den garstigen Achtbeinern das Eindringen zu verwehren.»

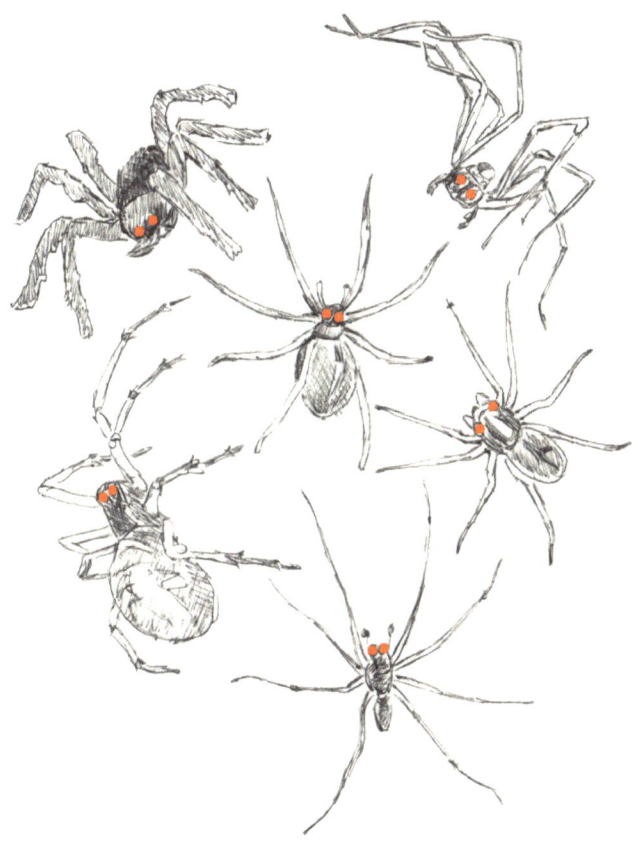

«Dann gehen Sie wieder schlafen?»

«Können Sie denken. Ich kann nicht wieder einschlafen. Aber später bei der Arbeit fallen mir oft die Augen zu, bis mich die ekligen Spinnen wieder aufschrecken.»

«Wie oft haben Sie solche Träume, Herr Suter?»

«Ich sagte doch, fast jede Nacht, Herr Doktor.»

«Was habe Sie bis jetzt dagegen unternommen?»

«Ich habe mir gedacht, ich sollte mich am Tag solchen Achtbeinern stellen und bin ins Vivarium unseres Zoos gegangen. Die ersten Spinnen konnte ich gerade noch ertragen, obwohl sich mir sämtliche Nackenhaare sträubten. Aber beim Anblick einer Tarantel bin ich Hals über Kopf geflohen, habe Leute zu Fall gebracht und mir am Ende den Kopf an der Glastüre blutig geschlagen.»

«Eine harte Kur, die Sie sich verordnet haben, Herr Suter. Und – sind die Träume seltener geworden?»

«Nein, im Gegenteil, keine einzige Nacht mehr finde ich meine Ruhe. Und aus den einstigen Spinnchen sind jetzt abscheulich haarige Taranteln geworden, Riesendinger.»

Als guter Psychiater zerredet Dr. Hauser seinem Besucher die Spinnenerscheinungen nicht. Aber er gibt ihm eine Empfehlung und eine Aufgabe mit auf den Weg. Er rät dem korpulenten Herrn Suter, abends nur leichte Mahlzeiten zu sich zu nehmen und auf Alkohol zu verzichten, das lasse ihn ruhiger schlafen. Das verdüstert das Gesicht seines genussfreudigen Patienten, der schon immer vor dem Schlafengehen ein paar Flaschen Bier trinkt und dazu Wurst, Käse und Brot bunkert.

«Und versuchen Sie, bis zu unserem nächsten Treffen herauszufinden, was für Fressfeinde die Spinnen haben. Vielleicht bringt Sie das auf eine Idee, wie Sie den Viechern Herr werden können.»

Zuhause wirft Herr Suter sofort seinen PC an und macht sich ans Nachforschen bei Wikipedia, Google und Konsorten. Tage später besucht er eine Zoohandlung, wo er sich nach Echsen erkundigt. Es werden ihm Geckos angeboten. Wie man sie zu Hause halten könne, fragt er. Die Antwort überzeugt ihn, denn er hat bereits gelesen, dass Geckos Liebhaber von Insekten, vor allem von Spinnen sein sollen. Er kauft sich ein grünes Echsenpaar, bringt es nach Hause und lässt es sogleich frei herumlaufen. Mit der Gewissheit, dass es alsbald mit den Spinnen ein Ende nehmen würde, legt er sich abends ruhig schlafen, allerdings nicht ohne vorher den Ratschlag des Herrn Dr. Hauser genussvoll zu übergehen.

Eines nachts dringen aus der Wohnung des Herrn Suter seltsame Geräusche. Einige Nachbarn erzählen sogar von wüstem Geschrei, ja sogar von Tumulten, die sich in letzter Zeit Nacht für Nacht wiederholen. Als es wieder einmal besonders laut zugeht, wird die Polizei gerufen. Auf ihr Klingeln und Klopfen bricht weder der Lärm ab noch wird die Türe geöffnet. Als die Polizisten schließlich gewaltsam in die Wohnung eindringen, finden sie Herrn Suter blutüberströmt auf seinem zerwühlten Bett. Schreiend schlägt er mit einem großen Küchenmesser um sich. Sein Gesicht ist eine einzige Wunde. Das Zimmer ist in einem chaotischen Zustand: Die Vorhänge sind heruntergerissen, der

Kleiderschrank ist umgestoßen, wie Gedärme quellen Kleider heraus. Über Suters Gesicht krabbelt auf drei übrig gebliebenen Beinen ein giftiggrüner Gecko. Die Polizisten entwinden dem Rasenden das Messer und rufen Arzt und Krankenwagen. Zufällig hat Dr. Hauser Notfalldienst. Er setzt dem Gequälten eine Beruhigungsspritze und versorgt die Wunden. Dabei hört er, wie der Patient ständig das Wort «Dinosaurier» lallt. Er lässt Suter in eine Nervenklinik bringen, ruft dort an und hinerlässt die Diagnose «schwere Psychose».

Am nächsten Morgen kommen in der Klinik zwei Ärzte beim Kaffee auf den Patienten zu sprechen, der letzte Nacht eingeliefert worden ist.

«Er war letztes Jahr schon hier, erinnerst Du Dich, Peter?»

«Wieso meinst Du? Am Gesicht hast Du ihn wohl kaum wiedererkannt, Viktor. Das sah ja übel aus.»

«Nein, aber wegen der Diagnose, welche der Kollege Hauser gestellt hat.»

«Du meinst die Spinnen-Phobie?»

«Ja, genau. Vor zwei Jahren hatten wir ihn nämlich mit zerstochenem Gesicht wegen angeblichen Riesenhornissen hier. Er hielt sie zur Vertreibung von Fliegen in seiner Wohnung. Weiß Gott, wo er die Hornissen hergeholt hat. Tatsächlich stimmt es, dass Hornissen sich nebst anderen Insekten auch von Fliegen ernähren. Bekanntlich hatten wir im vorletzten Sommer wirklich eine Fliegenplage. Die Fliegenphobie und seine Angstträume haben unsern sonderbaren Patienten sozusagen mit Kanonen auf Spatzen schießen lassen.»

«Und was folgt als Nächstes?»

Schräg

Auf den Hund gekommen

Seit Jahren ist der Altersdiabetes mein Begleiter. Täglich eine halbe Stunde Spaziergang werde viel helfen, den Glukosepegel zu optimieren, riet mein Hausarzt. Und schmunzelnd fügte er hinzu, ich solle mir doch einen Hund anschaffen und ihn auf den Namen Gluki taufen. Da fiel mir ein Vers aus dem Mainzer Karneval ein:

>*»Ich hab es Hundele,*
>*und all halb Stundele,*
>*da lupft des Hundele*
>*de linke Fueß.*
>*Und wills fürs Hundele*
>*isch halt so gsundele,*
>*darfs all halb Stundele,*
>*wills eppes muess.«*

Ein Hund als Glukosewarner. Und eine halbe Stunde Spaziergang täglich? So viel Disziplin traue ich mir eigentlich zu. Eigentlich? Die Realität sagt: eigentlich nicht, ab und zu schon, aber nicht täglich. Und so ist aus Gluki bisher nichts geworden.

Vor ein paar Tagen habe ich meinen Sohn und seine Familie in Montreal besucht. Der sechsjährige Enkel fand das alltäglich Mess- und Spritzenprozedere seines Diabetikeropas vor jeder Mahlzeit sehr spannend, während sich der vierjährige stets die Augen verdeckte. Auf einem Spaziergang wies mich meine Schwiegertochter auf einen ältern

Herrn hin, der sich von einem weißen und einem schwarzen Spitz durch den Park ziehen ließ. »Schau mal, das wäre doch genau das Richtige für dich«, schmunzelte sie, weil sie vom Tipp meines Hausarztes wusste. Dabei erfüllten meine wirbligen Enkel genauso ihren Zweck, wenigstens momentan.

Immerhin macht es Spaß zu beobachten, wie die Leute mit ihren Lieblingen umgehen. Zum Beispiel der griesgrämige Alte, unter dessen Fliegerjacke ich die Schultern eines Ringers vermute. Ab und zu ist er mit seinem Taschenhund unterwegs. Unglaublich geduldig kann er warten, bis sein kleiner Begleiter das Geschäft gemacht hat. Und falls es das große Geschäft ist – auch kleine Hunde machen bekanntlich große Geschäfte –, so zieht der Senior den grünen Plastiksack aus der Tasche und entsorgt vorbildlich die große Kleinigkeit. Auch seine weißhaarige Frau ist manchmal mit dem Häufchen Fell unterwegs, etwa im Bus. Stets guckt das winzige Etwas neugierig aus einer kleinen Tragtasche heraus, manchmal schläfrig und dann wieder mit neugierigen Augen. Und die Alte folgt den Regungen ihres Lieblings mit den gütigen Augen einer sorgenden Mutter.

Einmal habe ich beobachtet, wie zwei Frauen aufeinander zugingen. Die dürre Grauhaarige wurde von einem quicklebendigen Pinscher gezogen, was der Schäferhund an der Leine der anderen, einer gewichtigen Matrone, längst entdeckt hatte: »Passen Sie auf, meiner ist gefährlich!«, rief die Dicke der Dürren zu. Das war das Signal an den Pinscher, der sich vor lauter Zerren und Kläffen fast überschlug. Augenblicklich erschrak der mächtige

Schäfer, zog den Schwanz ein, wechselte die Richtung und wandte sich zur Flucht. Dabei wickelte er die Leine um seine beleibte Herrin. Die konnte sich nur mit Mühe auf den Beinen halten. Es blieb ihr keine Wahl und sie machte sich im Schlepptau ihres vierbeinigen Feiglings auf und davon.

Ob bei Sonne oder Regen, man trifft immer auf Leute, die ihren Wauwau spazieren führen – oft auf ein und demselben Rundgang. Ich kenne eine solche Dame, die ihren rauhaarigen Zwergschnauzer an einer geflochtenen Leine führt. Hund und Herrin würdigen mich keines Blickes. Andern Leuten geht es genauso – falls mich meine Beobachtungen nicht trügen. Einschließlich Leine kommt das Paar grau in grau daher, was mich kaum zu überraschen vermag. Wie gerne würde ich einen Blick hinter die Vorhänge ihrer Wohnung tun. Hat es dort Pflanzen und Blumen oder nichts dergleichen? Was für Bilder hängen an den Wänden? Liest die Dame düstere Bücher? Sitzt sie dabei in einem abgewetzten Sessel oder auf einem karg gepolsterten Sofa? Lebt sie allein oder plagt sie ein immerzu keifender Mensch? Darf sie sich dank ihres Schnauzers Zeit nehmen, sich auf ihren täglichen Rundgängen Luft zu verschaffen?

Ein ganz anderer Menschentyp ist Tony, der Kunsthändler mit abenteuerlicher Vergangenheit. Er hat seinen Hund am Rande einer Autobahn aufgelesen. Offenbar wurde das kleine Tier von seinen Besitzern auf der Fahrt in die Ferien aus dem Auto geworfen – einfach entsorgt. Tony hat das schwer verletzte und verängstigte Tier bei sich aufgenommen und es während Wochen und Monaten gesund gepflegt. Seit die kleine Kreatur wieder heil und zutraulich geworden ist, führt Tony das Hündchen täglich spazieren. Dabei spricht er mit ihm, wie mit einem kleinen Kind. Und das Tier scheint ihn zu verstehen. Die beiden sind unzertrennliche Freunde geworden.

Rüdiger ist ein äußerst schwatzhafter Zeitgenosse. Zweimal täglich wird er von zwei mittelgroßen Hunden der Rasse »Mélange Trottoir« zum Ausgehen genötigt. Woher denn sonst sollte Rüdigers ärgerlicher Gesichtsausdruck rühren? Leider haben die zwei gefleckten Köter zu wenig Menschverständnis und lassen sich von ihrem Herrn nicht in Gespräche verwickeln. Während die beiden Vierbeiner ihr Geschäft verrichten, lässt Rüdigers gerunzelte Stirn ahnen, wie schwer das Los des zum Schweigen Verurteilten ist.

Ein Geschenk sind Hunde für gute Freunden von mir. Ihr Mischling Milo – halb Jack Russel Terrier halb Chihuahua – hat es gut. Ab und zu bekommt er Gesellschaft von kleinen und großen Vierbeinern. Denn einigen Leuten ist bekannt, dass diese Gäste in ihrem temporären Zuhause genauso sorgsam betreut werden wie der Haushund. Die Tiere genießen ein ausgewogenes Mass an gesunder Zuneigung und notwendiger Strenge. Sie müssen sich so wohl fühlen wie in einem Mehrsterne-Hotel, wo es an nichts fehlt. Was für ein wunderbares Hundeleben!

Ist Ihnen schon aufgefallen, dass manche Hundehalter ihren Tieren wie aus dem Gesicht geschnitten sind? Ich erinnere mich an einen Herrn, der wie ein adeliger Engländer stets mit Hut, Tweed-Sakko,

Schlips und eine edle Pfeife rauchend daherkommt. Er schaut genauso gelangweilt in die Welt wie seine Bulldogge, die er regelmäßig im Stadtpark spazieren führt. – Und die Dame mit dem Hündchen unter dem Arm. Ein Anblick, bei dem ich mich unwillkürlich frage, warum der Liebling nicht auch eine farbige Strickmütze trägt wie seine Herrin. – Oder die überschlanke Lady auf roten Stöckelschuhen mit ihren zwei von Natur aus magern Windhunden. – Ein Anblick, bei dem es mir kalt über den Rücken läuft, sind Pitbulls mit stacheligen Halsbändern und Maulkorb an der kurzen Leine von Besitzern, die mir meist nicht weniger bullig vorkommen. Unheimlich, wenn mich eine solche Bestie mit geifernden Lefzen und fletschenden Zähnen schräg von unten herauf anstarrt und dabei ungestüm an der Leine seines Besitzers zerrt. Auf meinen ängstlichen Blick habe ich schon zu hören bekommen: »Er macht nichts«. Oder auch: »Er hat noch nie jemanden gefressen«. Na danke!

Leid tun mir Jogging- und Bikerhunde. Wie Sklaven folgen sie ihren unnachsichtigen Besitzern an gestreckter Leine. Es würde mich nicht überraschen, wenn unsere verrückte Welt in Zukunft Rennen für solche Jogger- und Bikerduos ins Leben rufen würde. Selbstverständlich mit verschiedenen Kategorien für Damen und Herren, für Kinder und Senioren, mit Rassenhunden und Extrazüchtungen, mit Berg-, Flachland- und Hindernisrennen, über Kurz-, Mittel- und Langstrecken bis und mit Marathondistanzen. Auch Schwimm-, Ruder- und Gleitschirmwettbewerbe kämen in Frage. Mensch-Hund-Olympiaden sozusagen.

Interessant sind manchmal die Gespräche zwischen Hundehaltern:

»Haben Sie das beobachtet, Frau Galliker?«

»Was denn meine Liebe?«

»Dort drüben geht Architekt Burgelioni mit zwei Kötern spazieren.«

»Ja ist denn das die Möglichkeit, Frau Kündig. Bisher führte er nur seinen Rauhaardackel mit sich. Und jetzt noch dieses schrecklich haarlose Viech!«

»Bestimmt eine von diesen Gehsteigmischungen. Die Leute habe einfach keine Würde mehr.«

»Und wie anzüglich die beiden Köter aneinander schnüffeln. Widerlich!«

»Ja, wirklich. Und das in unserem gepflegten Quartier. Ich werde das bei nächster Gelegenheit mit unserem Nachbarn, dem Herrn Polizeipräsidenten besprechen. Wehret den Anfängen, sage ich immer.«

Schade, dass ich wohl nie erfahren werde, was und wie unsere Vierbeiner über uns Menschen denken. Immerhin lässt sich beim genaueren Beobachten einiges Entdecken: Stoisches Herhalten, übermütiges Umherspringen, geduldiges Ertragen, aggressives Zähnefletschen, gespanntes Beobachten. Und das ist noch längst nicht alles.

Dachschaden

Der Blick bei strahlender Sonne auf schneebe-
deckten Alpen weckt bei manchen Patienten die
Sehnsucht nach genussvollem Skifahren auf un-
berührten Pisten oder einfach nach behaglichem
Eingemummtsein auf einer bequemen Liege. Bei
anderen löst ein solcher Wintertag nichts als tiefes
Bedauern über die ungemütliche Lage eines langen
Spitalaufenthalts aus.

Peter und Paul, zwei gleichaltrige Fünfziger,
haben sich seit ihrer Jugend nicht mehr gesehen.
Überraschend sind sie in einer Höhenklinik wieder
zusammengetroffen. Beide haben schwere Hirntu-
moroperationen hinter sich. In der Rehaklinik ler-
nen sie, ihre früheren Lebenskräfte wieder zurück-

zugewinnen. Peter übt wieder zu gehen, während Paul das Sprechen reaktivieren soll. Therapeuten begleiten sie umsichtig und konsequent, ohne von ihrer freundlichen Beharrlichkeit abzuweichen.

Peter gehört zu den Ungeduldigen. Meist geht er sehr bärbeißig mit seinen gegenwärtigen Schwächen um, zeitweise sogar mit unbeherrschtem Zorn. Der Graubart empfindet das gesamte Klinikpersonal als arrogant; nicht selten fühlt er sich durch deren professionelle Freundlichkeit bis aufs äußerste gereizt. Im früheren Leben war er es gewohnt, über andere zu bestimmen, ihnen Befehle zu erteilen. Hilflos muss er sich jetzt unterordnen und Anweisungen gehorchen, gerade so als hätte man ihn entmündigt. Das ist demütigend. Eben setzt ein Pfleger Peter in den Rollstuhl, um ihn zum Aquafit zu bringen. Dieser Kerl, der ständig mit dem Terminplan in der Hand auftaucht, ist Peter widerwärtig.

Paul hat keine Mühe, sich den Ärzten und Therapeuten anzuvertrauen. Seine Gesichtszüge offenbaren tiefe Dankbarkeit. Seine einstige Lebensschule in einem buddhistischen Kloster hat ihn gelehrt, sich in Geduld zu üben, Ungewohntes wie Gewohntes mit Neugier zu erleben, sich von etwas Neuem überraschen zu lassen. Eingehüllt in Wolldecken ruht er im Liegestuhl auf der windgeschützten Terrasse der Höhenklinik. Groß ist seine Freude über das neu gewonnene Leben. Er genießt in vollen Zügen, was ihm der prächtige Tag bietet. Es lässt ihn die Schmerzen vergessen. Das Landschaftsbild hat sich seit gestern kaum merkbar verändert. Dennoch scheint ihm, dass die verschneiten Tannen heute andere Schatten werfen und der Schnee im gegenwärtigen Licht anders glitzert als gestern. Was kümmert mich das Morgen noch das Gestern, wenn ich das Geschenk des Heute genießen darf. Wie Mantras murmelt er diese Worte vor sich hin, die er in den Therapiestunden gelernt hat.

Peter und Paul teilen sich ein Zimmer. Für Peter ist das ein notwendiges Übel und eine Beleidigung obendrein, eine böse Absicht der Klinikleitung. Anfänglich herrschte eisernes Schweigen zwischen den beiden. Paul fällt im Moment das Schweigen leichter als das Sprechen. Peter hingegen schweigt aus Prinzip und lässt sich nur zu einem Knurren hinreißen, wenn das Essen nicht nach seinem Geschmack ausfällt – wie fast immer.

Durch Zufall sind sich die beiden in den letzten Tagen etwas näher gekommen. Peter wollte nämlich vom Bett aufstehen und versuchen, ein paar Schritte zu laufen – und stürzte. Paul drückte sofort die Klingel, stieg aus seinem Bett und versuchte, dem fluchenden Peter wieder auf die Beine zu helfen. Jetzt sitzen beide auf dem Boden und können sich trotz misslicher Lage ein Grinsen nicht verkneifen. Nachdem die Pfleger sie wieder heil zu Bett gebracht haben, brechen sie sogar in Gelächter aus. Ihre Helfer schütteln die Köpfe. Peter dankt ihnen – zum ersten Mal freundlich. Das tut er auch in Richtung seines Bettnachbarn, der mühsam, aber lächelnd sich die Worte abringt:

»Ist, ist jaaa noch nochmals guut ´gannen.«

»Du sagst es.«

Seitdem hat sich im Zimmer der zwei Leidensgenossen nicht nur die Anspannung gelöst, sondern auch das Schweigen. Peter, der Mürrische, schüttelt zwar immer noch den Kopf über Paul, der sich – verdammt noch mal – zufrieden in sein Schicksal und in die Quälereien der Therapeuten fügen kann. Peter sieht zwar seit einiger Zeit, dass ihm die Foltern, wie er sie nennt, fürs Laufen spürbare Fortschritte bringen. Aber Freude kommt bei ihm deswegen noch lange nicht auf. Hingegen beginnt er, mehr und mehr die Gespräche mit seinem ›Zimmernachbarn wider Willen‹ zu schätzen, auch wenn dessen Sprachbehinderung das Verstehen erschweren. Peter scheint, dass wegen der Langsamkeit von Paul ihr Gedankenaustausch mehr Tiefgang erhält, als er sich das von früheren Gesprächspartnern her gewohnt ist. Oft beschränkt sich Paul auf neugierige Fragen, hinter denen sich Ernsthaftigkeit und Schalk die Waage halten. Manchmal macht ihm das Sprechen so große Mühe, dass er seine Worte auf Papier schreiben muss, was ihm offensichtlich leicht von der Hand geht. Nicht selten ergänzt er die Worte mit Strichzeichnungen, um die Stimmung seiner Gedanken auszudrücken.

Wieder einmal kommen beide aus den Therapien zurück. Hochrot im Gesicht wälzt sich der völlig erschöpfte Griesgram Peter ins Bett und krächzt:

»Dieses blonde Biest hat mir einfach die Krücken weggenommen und mich das Treppenhaus hinauf und hinunter gehetzt. Ja, gehetzt! Und ich dummer Esel habe das mit mir machen lassen. Ich war nahe daran, diese verdammte Holländerin die Treppe hinunterzustürzen.«

Paul schweigt – mit heiterem Gesicht.

»Brauchst gar nicht zu grinsen! Diese Foltern habe ich endgültig satt. Morgen werde ich streiken.«

Von Paul immer noch kein Wort.

»Bist du eigentlich ein Masochist oder was? Hast du dich wohl in deine Therapeutin verguckt. Die kann mit dir offenbar machen, was sie will.«

»Sie lernt mich sprechen.«

»Und putzt dir auch den Hintern.«

Paul geht auf die Provokation nicht ein, greift zum Zeichnungsblock und zeichnet eine Hexe, die er statt auf einem Besen auf einer von Peters Krücken reiten lässt. Er reißt das Blatt ab und reicht es dem wütenden Zimmergenossen. Der bricht sofort in schallendes Gelächter aus und kann sich kaum davon erholen.

»Siehst du, Peter, sie braucht deinen Stock«, stottert Paul in seiner ungelenken Sprechweise.

»Mal im Ernst, Paul, hast du nicht auch schon den Pickel wegwerfen wollen?«

»Ne, die Therapeutin lernt mich ja wieder reden – mit zunehmendem Erfolg.«

»Aber da muss doch mehr sein«, zwinkert ihm Peter zu.

»Das überlasse ich ganz deiner Fantasie.«

Die Tage gehen dahin. Und es kommt die Zeit, wo die beiden von den Therapeuten nach draußen gescheucht werden. Peter aus lauter Gewohnheit unter Protest, aber auch, weil er genötigt wird, die Krücken zu benützen. Aus dem Zwang, nach draußen zu gehen, wird nach und nach Kurzweil. Und als Peter eines Tages die Krücken im Zimmer zurücklassen darf, nützt er Pauls Schulter, um sich abzustützen. Der lässt das wie selbstverständlich zu. Es ist nicht zu übersehen, dass die beiden Freunde geworden sind.

Es geht ihnen von Woche zu Woche besser. An einem Montagmorgen eröffnen ihnen die Ärzte bei der Visite überraschend, dass sie in den nächsten Tagen die Klinik verlassen dürfen. Sie möchten doch ihre Angehörigen bitten, sie am kommenden Freitag abzuholen. Kaum sind die Ärzte und ihr Gefolge aus dem Zimmer, geht die Diskussion los. Noch schwanken die beiden zwischen Freude und Enttäuschung.

»Jetzt, da ich mich an das ganze Brimborium gewöhnt habe, wollen die uns loshaben«, beginnt Peter.

Und Paul: »Das sind ja ganz andere Töne als noch vor ein paar Monaten. Ich denke, deiner Holländerin wirst du nicht nachtrauern«.

»Ich will ja nicht undankbar sein. Immerhin haben ihre Quälereien so viel gebracht, dass ich wieder gehen kann – fast wie früher.«

Die Zwei schweigen eine Weile und lassen ihre Gedanken zurück in die vergangenen Wochen schweifen. Bedrückendes fällt ihnen ein, aber noch mehr Vergnügliches, z. B. der Moment, als Peter aus dem Bett fiel, schließlich beide am Boden saßen und zum ersten Mal miteinander lachten. Mit »weißt du noch« beginnen sie, sich über dies und jenes auszulassen. Plötzlich hat Peter eine Idee…

Am Tag vor ihrer Entlassung sieht man die beiden Freunde in der Cafeteria der Rehaklinik Kaffee trinken. Als ob sie jetzt schon abreisen wollten, haben sie ihre Reisetaschen dabei. Aufmerksam verfolgen sie durch die breite Glasfront die zu- und wegfahrenden Fahrzeuge: Privatautos, kleine Lieferwagen und ab und zu ein Rettungsfahrzeug.

Immer wenn Patienten gebracht werden, geht einer von beiden hinaus und schaut sich interessiert beim Rettungsfahrzeug um. Plötzlich winkt Peter, der gerade draußen ist, mit aufgeregten Gesten seinen Freund Paul herbei. Der packt ihre beiden Reisetaschen und eilt hinaus. Peter öffnet die Fahrertür des Rettungsfahrzeugs und Paul die Beifahrertür. Man hört den Motor starten und bevor irgendjemand reagieren kann, fahren die beiden auf und davon. Vergnügt fahren sie in Richtung nächste Landstraße. Als sie genug weit weg von Klinik und Häusern sind, lassen sie die Fenster nach unten gleiten und stellen wie zwei Ausflügler ihre Ellbogen in den Fahrtwind. Vor einer Straßenkreuzung betätigt Paul lustvoll die Schalter für Blaulicht und Martinshorn. Ein von rechts kommendes Auto muss anhalten und Platz machen. Die Freunde lachen aus vollem Hals und setzen ihre Spritzfahrt fort – jetzt wieder ohne Blaulicht und Martinshorn. Auf ihr Ziel haben sie sich schon tags zuvor geeinigt: auf den Landgasthof Löwen. Im vorgelagerten Wäldchen lenken sie ihr auffälliges Fahrzeug so weit in einen schmalen Forstweg, bis es von der Hauptstraße aus nicht mehr zu entdecken ist. Sie steigen aus und machen sich zu Fuß auf ins Restaurant. Es ist kurz nach dem Mittagessen, also Zeit für Kaffee und Kuchen – Kaffee Schnaps natürlich. Das haben sie lange vermissen müssen.

Wie die Geschichte ausging, konnte man schon am nächsten Tag in der Boulevardpresse lesen: »Patienten mit Krankenwagen aus Rehaklinik ausgebüxt – und in Gewahrsam genommen«.

Der Feldherr

Nimmermüde hatte er sich hochgedient. Unterwürfig katzbuckelte er, um seiner Karriere ja kein Hindernis in den Weg zu legen, dabei drohte der kleine
Mann glatt übersehen zu werden. Das mochte er
nicht, denn er wollte, dass man seine Loyalität, wie
er das nannte, und auch ihn als Person, wahrnahm.
Wenn Freiwillige gesucht wurden, war er daher immer dabei – fast immer. Er war schlitzohrig genug,
um zu spüren, wann er sich an einer Sache die Finger verbrennen könnte und wann das aller Wahrscheinlichkeit nach, nicht der Fall war. Seine Taktik
ging auf und er diente sich in der Bank vom einfachen Mitarbeiter zur Führungsriege und im Militär
zur Elite der Generalstabsoffiziere hoch.

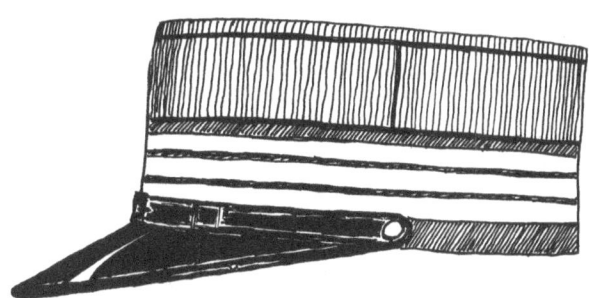

Vor noch nicht allzu langer Zeit war in der Finanzbranche eine Karriere ohne ein Dienstgrad
beim Militär nur ausnahmsweise möglich. Man tolerierte selbstverständlich die langen militärischen

Abwesenheiten, die ein hoher Dienstgrad beding-
te. Je höher man auf der militärischen Leiter stieg,
umso gewisser war die steile Zivilkarriere. Und so
befehligte Florian A. Klein – er hatte sich die schicke
Initiale in der Mitte nach seiner ersten Beförderung
zugelegt – in der Bank eine Hundertschaft von In-
formatikfachleuten. Auf dem Fachgebiet kannte er
sich allerdings nur oberflächlich aus. Über das fach-
liche Wissen verfügte sein Stab. Die meisten waren
unterwürfige Manager, die alle ihren Chef nach-
ahmten und nur ein Ziel verfolgten, nämlich eines
Tages weiter aufsteigen zu können.

Im Fußvolk aber rumorte es. Die meisten Infor-
matiker waren nicht auf den Kopf gefallen. Sie be-
merkten sehr wohl, wie dürftig Kleins Führungsfä-
higkeiten und erst recht dessen Fachkompetenzen
waren. Mit gehöriger Ironie kursierte das Gerücht,
dass es in militärischen Kreisen heiße, Oberst Klein
tauge nicht viel, aber im Nadelstreifenanzug müsse
er ein guter Bankmanager sein.

Eines Tages trug ihm einer seiner treu ergebenen
Adlaten zu, dass in der Abteilung Unzufriedenheit
herrsche. Gleiches war mittlerweile auch dem oberen Management zu Ohren gekommen. Man riet
ihm, mit Unterstützung eines versierten Coachs
einen eintägigen Workshop zu einem aktuellen
Sachthema zu veranstalten; die Mitarbeitenden
würden dann bei Bedarf schon den Kropf leeren.
Und sollte das zu weit gehen, könne er den Coach
zur Ordnung rufen lassen und so zum Sachthema
zurückkehren.

Herr Klein empfing den ausgewählten Coach,
nannte ihm das Tagungsthema. Allerdings schenkte

er ihm keinen reinen Wein ein und nannte nur das Fachthema ›Änderung eines Prozesses‹. Hingegen setzte er sich gleich in Pose und drohte:

»Dass Sie es von allem Anfang an wissen: Es macht mir nichts aus, die Tagung schon nach der ersten Stunde abzubrechen, sollte der Verlauf nicht meinen Vorstellungen entsprechen. Es wäre nicht das erste Mal, dass ich so etwas mache.«

Der Coach musterte den gedrungenen, glatzköpfigen Mann im dunklen Nadelstreifenanzug, weißem Hemd und Designerschlips. Es saß betont locker in einem exquisiten Ledersessel und hielt seine kurzen Beine geschickt unter der Tischplatte aus glatt poliertem Kirschbaum versteckt. Trotzdem er als Tagungsleiter mit Kunden dieser Art schon negative Erfahrungen gemacht hatte, ließ er sich auf das Abenteuer ein.

Wochen später ließ Florian A. Klein seine Untergebenen um exakt sieben Uhr dreißig antreten. Sein Stabschef meldete ihm in einer Art Habachtstellung die Anzahl der anwesenden und entschuldigten Mitarbeiter, worauf der Chef die Tagung in formellem Ton als eröffnet erklärte. Er nannte das Tagesthema und drohte allen Teilnehmenden wie zuvor schon dem Coach, die Übung jederzeit abzubrechen, wenn nicht nach seinen Erwartungen gearbeitet würde. Ein paar Leute warfen sich vielsagende Blicke zu, andere musterten interessiert, ja sogar mit Bedauern den Coach, der sich auf dieses glatte Parkett gewagt hatte.

Als ob ihm die nonverbale Kommunikation entgangen wäre, setzte der Moderator den Workshop in Gang. Wie es seine Gewohnheit war, fragte er zunächst nach den Erwartungen seines Publikums und blickte wartend in die Runde. Scheinbar wollte sich niemand in die Nesseln setzen oder in der offensichtlich knisternden Atmosphäre gar die heißen Kastanien aus dem Feuer holen. Nach peinlichen Augenblicken des Schweigens brach der Stabschef pflichtbewusst das Eis und nannte Gemeinplätze wie Effizienz und zügiges Arbeiten. Der Chef doppelte mit ähnlichen Worten nach. Ein einziger Teilnehmer wagte es, mit einigermaßen diplomatischen Worten das schwelende Kommunikationsproblem anzusprechen, worauf man die berühmte Stecknadel hätte fallen hören können. Schließlich dankte der Coach allen drei Votanten für ihre Beiträge und versprach, am Ende des Tages über die geäußerten Wünsche Bilanz zu ziehen.

Nun zog er die nötigen Register seines Könnens und setzte den Workshop durch beharrliches Fragen bei jenen fort, die bereit waren, gute Miene zum bösen Spiel zu machen. Zwei Stunden später machte es ihm die erlösende Kaffeepause möglich, diesen oder jenen Teilnehmer in ein Gespräch zu verwickeln und für das aktive Mitmachen zu gewinnen. Und tatsächlich, die so Angesprochenen stellten sich bei den anschließenden Gruppenarbeiten spontan bereit, die Teams zu führen.

Der Chef ging bei den Gruppen vorbei, wahrscheinlich um sicherzustellen, dass keine Subversiven die Initiative an sich rissen. Doch konnte er nicht verhindern, dass einige sachliche Probleme an unterschwelligen Kommunikationsproblemen festgemacht wurden. Das machte Florian A. Klein offensichtlich sehr nervös, umso mehr als in einigen Gruppen Aufbruchstimmung entstanden war. Während des Mittagessens äußerte er gegenüber dem Coach sein Missbehagen und drohte, dem Geschehen nicht mehr lange zuzuschauen. »Sie machen einen miserablen Job. Sie halten sich kaum an mein vorgegebenes Thema. Meine Geduld ist am Ende. Noch eine Provokation, und ich breche die Übung ab.«

Nach der Mittagspause begannen die Gruppen, sich gegenseitig die gesammelten Fragestellungen vorzustellen. Im nächsten Schritt ging es um passende Lösungsideen und deren Umsetzung. Was für die Workshop-Teilnehmer Lösungvorschläge waren, das waren für ihren Chef Provokationen. In seiner Abteilung herrschte nämlich die eiserne Regel, dass Lösungen dem Chef mit dem Beisatz ›Sie haben doch schon immer gesagt‹ zugeflüstert werden mussten. Und nur ihm, dem Chef, war es erlaubt zu bestimmen, was eine gangbare Lösung war und was nicht. Kurz: Lösungen konnten grundsätzlich nur vom Chef kommen und nicht vom Fußvolk.

Und so kam es, wie es kommen musste. Der große Chef, Florian A. Klein, hatte im Coach einen Prügelknaben gefunden. Mitten im Nachmittag brach er den Workshop ab und machte jedermann klar, dass das Workshop-Ergebnis so gut wie unbrauchbar sei. Und mit einem letzten Satz disqualifizierte er den Coach bissig: »Ich werde mit Ihnen dieses miserable Resultat noch unter vier Augen besprechen«.

Am nächsten Morgen trafen sich ein paar Workshop-Teilnehmer beim Pausenkaffee.

»Unser Generalissimus hat sich gestern wieder einmal ganz schön aufgeplustert.«

»Irgendwie muss er eben seinen Minderwertigkeitskomplex wettmachen können.«

»Ganz schön peinlich für den Moderator. Aber ich denke, der hat genügend Erfahrung mit Typen wie Klein.«

»Übrigens, habe ich euch schon von meinen Ferien und dem Zusammentreffen mit der Familie von Klein erzählt?«

»Spannend, lass hören!«

»Ich traf die Kleins in Kanada, in Lake Louise. Sie schienen gerade von eine Tour zurückzukommen und wollten sich zufällig im gleichen Restaurant verpflegen wie ich. Unser Generalissimus wollte gerade ein Steak der Größe King Size bestellen. Da fiel ihm seine Frau, die übrigens um mindestens einen Kopf größer und ziemlich breiter ist als er, dazwischen:

›Sei nicht doof, Florianlein! Das schaffst du nie. Und außerdem ist das schlecht für dein Magengeschwür, hat der Doktor gesagt‹.«

»Hat er gehorcht?«

»Und wie. Es kam mir vor, als versinke sein Glatzkopf tief zwischen den Schultern. Von seinen beiden Töchtern, zwei Teenagern, erntete er ein wissendes Grinsen und ›wieder einmal unser unvernünftiges Papilein‹.«

»Der arme Kerl hat wohl nur in unserer Firma etwas zu sagen und, wer weiß, vielleicht noch im Militär.«

»Haben dich die Kleins bemerkt?«

»Das hätte gerade noch gefehlt.«

Die Lesung

Menschen haben ganz unterschiedliche Gewohnheiten, Buchvernissagen zu besuchen. Die einen kommen möglichst frühzeitig und sichern sich den Platz, der ihnen am besten zusagt; vielleicht legen sie für Freunde oder Bekannte ihren Schal über eine Stuhlreihe. Die meisten Besucher treffen fünf oder zehn Minuten vor Beginn ein. Wenige erscheinen erst kurz nach dem Start der Lesung oder sogar mittendrin – mit roten Ohren die einen, wie als eingeübtes Ritual und mit ungetrübtem Selbstbewusstsein die andern.

Ich gehöre zu den früh Ankommenden. Nicht nur, um genüsslich in die Atmosphäre des Raumes einzutauchen – heute ist es ein Zimmer mit einem offenen Kamin und einer großzügigen Fensterfront –, sondern weil ich aus bequemer Position die Eintretenden unter die Lupe nehmen kann. Ist die sportliche Frau mit den kurzen schwarzen Haaren vielleicht eine Lehrerin, der alte Mann mit der wirren Grauhaarmähne und der schwarzen Baskenmütze ein Künstler? Könnte die Dame im ausladenden Rock mit dem beeindruckenden Blumenmuster und dazu passendem Umhang eine Malerin sein? Ein paar Herren im leicht zerknitterten Businessanzug kommen wohl direkt von der Arbeit, Juristen oder Banker vielleicht, die sich zum Feierabend etwas Kultur gönnen wollen. Dazwischen füllen sich die Plätze mit unauffälligeren Menschen, eher Frauen als Männer und eher ältere als jüngere. Je mehr Leute kommen, umso mehr schwillt der Geräuschpegel an – in allen Stimmlagen und Lautstärken. Unbeirrt davon versuchen einige wenige, sich für das Kommende zu sammeln.

Vorn, auf zwei bequemen Sesseln, machen sich zwei Herren für ihren Auftritt bereit. Der kleinere müsste um die vierzig sein. Er ist locker gekleidet und trägt einen Kurzhaarschnitt. Eine Frau versucht, ihm das Mikrofon am Kopf zu befestigen. Wie eine reife Traubenbeere hängt es schließlich vor dessen Mundwinkel, als möchte es ihn zum Zubeißen einladen. Diese Prozedur lässt der jüngere Zweite nicht zu, was bei den langen, immer wieder ins Gesicht fallenden braunen Haaren ohnehin ein schwieriges Unterfangen gewesen wäre. Statt dessen setzt er sich seinen eigenen Kopfhörer auf, lässt aber das rechte Ohr frei.

Nach einer Weile nicken sich die beiden zu. Der Kleinere steht auf, begrüßt die vierzig Zuhörer, stellt sich als Verleger vor und zählt die Verdienste seines jungen Unternehmens auf. Er kündigt an, dass das Publikum nun in den Genuss eines Satzes aus dem noch unveröffentlichten Buch des Autors mit dem Titel »siebzehn mosaike« kommen werde. Demonstrativ hebt er das Buch hoch; es muss mehrere hundert Seiten dick sein. Damit wendet er sich dem Langhaarigen zu und bittet ihn, sich selber vorzustellen. Der wartet in aller Ruhe, bis sich sein Verleger gesetzt hat. Schließlich steht er gemächlich auf, ohne das Publikum mit einem einzigen Blick zu würdigen. Bedachtsam tritt er vom einen auf den anderen Fuß, schaut mal aus dem Fenster, mal auf das kleine Gerät in seinen Händen, das er mit seinen Kopfhörern verkabelt hat. Niemand weiß, ob er gleich jemanden anrufen will, oder ob er mit dem Vortrag beginnen wird. Er lässt sich Zeit, viel Zeit, während sich das Publikum in Höflichkeit übt. Endlich bricht er sein Schweigen und schildert in knappen Worten seinen Werdegang – mit quälenden Pausen nach jedem Satz. Das tut er so unerschütterlich langsam, als sei er es seinem berndeutschen Dialekt schuldig. Und das immer noch ohne Augenkontakt mit dem Publikum, dafür mit gelegentlichen Blicken in eine von den Zuhörern nicht wahrzunehmende Ferne. Er scheint die Gelassenheit in Person zu sein.

Nach einer letzten langen Pause beginnt er seinen Vortrag: in Hochdeutsch, mit unverkennbar berndeutschem Akzent, ohne Manuskript. Der Vortrag wird dem Autor offenbar von seinem Smartphone eingeflüstert, oder was für ein Gerät auch immer er in seinen Händen birgt. Das erste Wortgefüge ist kurz und verständlich, auch wenn es sich um irgendetwas Abstraktes dreht. Nach einer erneuten Pause setzt er zum ersten Nebensatz an. Wieder Pause. Weitere Nebensätze, jeder gefolgt von wiederkehrender Stille und Blicken irgendwohin. Schon nach kurzer Zeit verliere ich den roten Faden, so es überhaupt einen gibt. Mein Interesse gilt bald nur noch den Füßen des Kauzigen, dem Verlagern seines hageren Körpers vom einen zum andern Fuß, dem eigenartigen Drehen des Kopfes samt Mähne zum mächtigen Fenster mit Aussicht auf die Bergwelt, dann zurück zum Kamin, wo – was für ein Zufall – kein Feuer brennt. Die Zuhörer sitzen da wie gelähmt, wirken wie betreten. Zu gern hätte ich mich in die Seele dieses eigenartigen Menschen geschlichen, um zu ergründen, was sich dort nebst der äußeren Gelassenheit tut.

Nach endlosen Minuten der Monotonie bricht der Vortrag unvermittelt ab. Der Autor setzt sich. Das Publikum applaudiert verhalten. Ist es Höflichkeit, Dankbarkeit oder gar Begeisterung?

Der Verleger versucht, mit dem Auditorium ein Gespräch in Gang zu setzen. Zaghaft kommen Fragen. Etwa nach dem Konstrukt des fünfzehn Minuten langen Satzes. Wieder hebt der Verleger das Buch, öffnet es und dreht es zum Publikum. Wir sehen, dass in dem Werk sämtliche Satzzeichen fehlen. Statt Punkte, Doppelpunkte und andere Satzzeichen zu setzen, wechselt der Autor auf neue Zeilen. Es sei die Partitur einer Komposition von verschachtelten Satzteilen, erklärt er und, fügt der Autor selber in sachlichem Ton hinzu, das sei alles kompromisslos korrekt nach den grammatikalischen Regeln der deutschen Sprache. Optisch und auch als Metapher gefällt mir das Bild einer Partitur. Und für mich beginnen sich die Konturen eines wirklichen Künstlers abzuzeichnen. Und als er auch noch erwähnt, er sei ein Suchender, sehe ich hinter dem in sich Gekehrten mit einem Mal einen zerbrechlichen Menschen.

Dieser Autor mag ein Kauz sein. Doch hat er etwas Einzigartiges geschaffen, auch wenn ich es in der Tiefe nicht zu verstehen vermag. Ich sehe vor mir ein surrealistisches Gemälde.

Omas Neunzigster

Der ehrwürdige Berner Landgasthof scheint in sich selbst zu ruhen. Es hätte Cyprian nicht überrascht, wenn das tief herunter gezogene Giebeldach immer noch strohbedeckt gewesen wäre, wie er das von früher in Erinnerung hat. In hellem Grau gehaltene Riegel umrahmen den weißen Putz, der etwas Patina angesetzt hat. Typisch auch die zahlreichen Fenster mit den ebenfalls grau gestrichenen Holzjalousien und dem leuchtend roten Geranienschmuck, ohne den ein Berner Gasthaus nicht zu denken ist. Cyprian fährt sein Auto auf den Parkplatz hinter dem Haus, holt das Geburtstagsgeschenk heraus und begibt sich zur Vorderseite, wo sich zwei Sandsteintreppen mit schmiedeeisernen Geländern vor der kunstvoll geschnitzten Türe des Haupteingangs treffen. Bevor er eintritt, wirft er einen Blick zurück auf den Garten; die Herbstsonne lässt die Blumenpracht und die dazwischen liegenden Gemüse- und Kräuterbeete in den schönsten Farben erscheinen. Diese Idylle entspricht ziemlich genau seiner Vorstellung von einem Familienfest zu Omas Neunzigstem.

Drinnen empfängt ihn das freundliche Lächeln einer jungen Frau in ihrer reichen Berner Sonntagstracht. Sein festlicher Anzug verrät ihr, wohin sie ihn führen muss. Am Ende des Flurs öffnet sie ihm eine Tür. Scherzen und Lachen schlägt ihm entgegen, aber auch ein aufdringlicher Duft von Parfüm und Knoblauch. Aha, Tante Clara! Und tatsächlich sitzt sie mitten unter gut drei Dutzend Verwandten und Bekannten, die sich hier zur Feier des neunzigsten Geburtstags von Oma Hortense an der blumengeschmückten Tafel versammelt haben.

Am oberen Tischende thront Oma mit würdig erhobenem Haupt unter einem mächtigen antiken Schlachtgemälde. Einer ihrer legendären Hüte ist wie seit eh der Versuch, ihr faltiges Gesicht etwas zu verbergen. Der Hut ist breitrandig, aus schwarzem, durchscheinendem Gewebe und mit einer lila Hor-

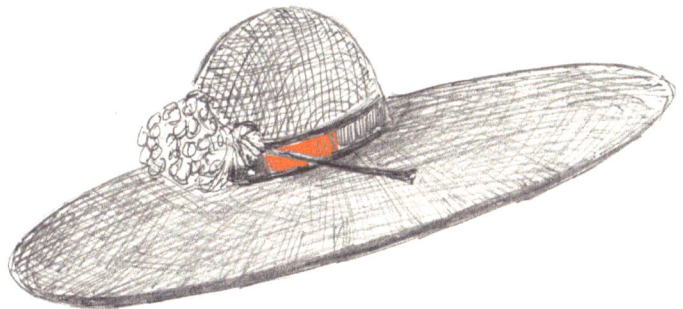

tensienblüte von beachtlicher Größe geschmückt. Vor Zeiten entschlüpfte einem ihrer Enkelkinder bei einem solchen Anblick die Bemerkung »Oma, du siehst aus wie eine Vogelscheuche!«, was einen strafenden Blick zur Folge hatte.

Neben ihr sitzt Opa Emilio. Stramm, als ob auf seinem runden Glatzkopf immer noch der steife Hut des ehemaligen Obersten der Schweizer Armee sitzen würde. Tatsächlich diente Opa vor Jahrzehnten als schweizerischer UN-Offizier am 38. Breitengrad in Korea, der Demarkationslinie zwischen Nord und Süd. Statt Uniform trägt er zur Feier des

Tages ein weißes Hemd mit steifem Kragen und silbergrauer Krawatte, darüber einen schwarzen Einreiher. Darunter erahnt Cyprian eine schwarzgrau gestreifte Stresemannhose. Opa hat Stil!

Offenbar hat nur Omas jüngster Sohn, Cyprians Vater sein Eintreten bemerkt. Fritz winkt den verspäteten Sohn zu sich und deutet auf den Stuhl, den er zwischen sich und seinem Bruder Fridolin freigehalten hat. Vor vielen Jahren entriss der Tod der Familie die Mutter. Bis jetzt hat der Witwer das nicht verkraftet. Er ist zum Gespött vieler Menschen geworden, weil er seit damals unter seinen Männerkleidern Mutters Unterwäsche trägt, ja sogar die Seidenstrümpfe und ihre Schuhe. Alle Welt scheint das zu wissen und nennt ihn hinter vorgehaltener Hand erbarmungslos »Tante Fritz«. In endloser Abfolge malt der einst angesehene Kunstmaler nun immer wieder grässliche Darstellungen von Krebsen auf Totenschädeln, weil der Krebs ihm seine Frau geraubt hat.

Bevor Cyprian sich neben Vater und Fridolin setzt, versucht er, sein Geburtstagsgeschenk auf dem überladenen Gabentisch unterzubringen. So diskret wie möglich, denn Oma hat ausdrücklich gewünscht, sie nicht zu beschenken. Diskretion hin oder her, Omas Sperberblick bemerkt sein Tun sofort – ein Blick, der ebenso viel Tadel wie heimliche Freude ausdrückt. Für den schwarz eingepackten und mit rotem Seidenband verzierten Gedichtband findet Cyprian eine Lücke zwischen dem Sammelsurium von Rosen und Feldblumen und oberflächlich verpacktem Konfekt, der offensichtlich im Fabrikladen der nahegelegenen Biskuitfabrik zum Wochenendpreis gekauft wurde. Natürlich ist unter den Gaben auch ein Krebsgemälde von »Tante Fritz«. Die bunte Hülle für eine Wärmeflasche genauso wie die Strickjacke, hat bestimmt die naturverbundene Tante Clara gestrickt – aus reiner Schurwolle selbstverständlich. Wolle, die sie stets von A bis Z selber verarbeitet. Für die Jacke hat sie lila gewählt, Omas Lieblingsfarbe. Auf dem Gabentisch ist die beachtliche Menge von Wein- und Schnapsflaschen dominant, aber keineswegs überraschend; denn alle wissen, dass Omas markante Hakennase nicht von Geburt an rotblau war.

Gerade rechtzeitig setzt Cyprian sich neben seinen Vater. Denn eben erhebt sich Onkel Coelestin, auch er ein Bruder von Oma. Er, der Tafelmajor, vermag mit seiner Gestalt die Köpfe der Familienrunde nicht zu überragen. Ob zum Glück oder nicht, der Spätankömmling scheint seine Begrüßungsrede verpasst zu haben. Der Onkel ist nämlich bekannt für seine abgegriffenen Spässe, die immer derber werden, je mehr Alkohol er intus hat. Alle wissen, dass er ein schlitzohriger Geschäftemacher ist, dem die Konkursbeamten schon mehr als einmal die Türen versiegelt haben. Nach solchen Amtshandlungen pflegte er sich stets mit Hochprozentigem zu trösten, um sich über kurz oder lang erneut von üblen Kumpanen in krumme Geschäfte verwickeln zu lassen. Kaum hat er jeweils wieder etwas Fuß gefasst, lässt er sich vom Schneider neue Maßanzüge anfertigen und versucht, sich wie gewohnt in zwielichtigen Kreisen auf die Pirsch zu machen. Dank seines Charmes schafft er es immer wieder, Leichtgläubige über den Tisch zu ziehen. Offenbar muss ihm das kürzlich auch wieder gelungen sein; denn er trägt heute einen ausgesucht modischen Anzug.

Er erhebt sich, richtet Jacke und Schlips. Mit sonorer Stimme bittet er die Runde, »nochmals auf meine Mutter und unverwüstliche Jubilarin Hortense anzustoßen«. Nach einem tüchtigen Schluck aus dem Weinglas kündigt er die Vorspeise an. Wie auf Kommando öffnet sich die Saaltüre, und das Servierpersonal erscheint mit Glastellern. Augenblicklich verstummen die Gespräche und die Augen richten sich auf die Teller. Auf jedem sind auf einem Salatbett zwei Flusskrebse kunstvoll aufgerichtet. Sherrytomaten, orange Blüten der Kapuzinerkresse, ein paar Bambussprossen und wenige Schnittlauchstängel machen den ersten Gang zur Augenweide.

Zuerst wird selbstverständlich die Jubilarin bedient. Sofort macht sie sich über das Gericht her, nicht ohne entschuldigend zu bemerken: »Ich fange mal an, damit es nicht kalt wird.« Von der rechten Tischseite wagt jemand die halblaute, aber nicht zu überhörende Bemerkung: »Omas Standardsatz! Den braucht sie immer, ob es sich nun um eine warme oder eine kalte Speise handelt«. Darüber schmunzelt jetzt die ganze Tischrunde.

Cyprian genießt die Vorspeise und mustert zwischendurch die Gesellschaft. Am unteren Tischende fällt ihm eine junge Frau mit feuerroter Irokesenfrisur und blassem Gesicht auf. Nach ihren provozierenden Klamotten zu urteilen, könnte sie eine Punkerin sein. Cyprian traut seinen Augen nicht: Auf ihrer linken Schulter sitzt eine Ratte. Das Viech streckt seine Schnauze in die Luft und schnüffelt nervös. Neben ihr sitzen Freddy, Cyprians zweiter Bruder mit grünem Bürstenschnitt und zwei weitere auffällig gekleidete Punker. Freddy verkehrt seit Jahr und Tag in der Punk- und Drogenszene, zum Ärger seines Vaters. Das Irokesenweib muss seine Freundin sein.

Plötzlich springt die Ratte mit einem Satz auf Freddys Teller und macht sich gierig über Krebse und Grünzeug her. Er reißt sie weg und schmeißt sie der Freundin auf den Schoß. Die packt mit der einen Hand das heftig quietschende Tier, setzt es sich wieder auf die Schulter und verpasst Freddy mit der anderen Hand eine kräftige Kopfnuss. Ein übler Streit bricht aus, was die Geburtstagsgesellschaft bestürzt und sichtlich nervt. Die anderen Punker hingegen lachen hässlich und feuern die Streithähne mit »Zugabe, Zugabe!« an. Erst als Onkel Coelestin mit gewaltiger Stimme »Ruhe!« brüllt, findet der Aufruhr ein Ende. Die Ratte ist weg. Möglicherweise hat sie sich unter dem Tisch in Sicherheit gebracht. Es herrscht angespannte Stille.

Das Servierpersonal packt die Gelegenheit und kümmert sich um die leer gegessenen Teller. Dann wird eine Kressecremesuppe mit Sahnehäubchen gereicht. Die Köstlichkeit bringt die gute Stimmung zurück.

Jetzt wäre der Hauptgang fällig. Da meldet sich jedoch Coelestin, der Tafelmajor nochmals zu Wort: »Als erste Darbietung darf ich ein Ständchen für die Jubilarin ansagen. Bühne frei für unser Trio!« Wie von Geisterhand öffnet sich hinten im Saal der rote Bühnenvorhang und gibt den Blick frei auf Viola, die Frau von Cyprians Bruder Fridolin, die allerdings nicht Viola spielen wird, sondern Klavier. Neben ihr sitzt Tante Clara und stimmt ihr Cello. Auf dem Stuhl vor dem gemeinsamen Notenständer macht Heidi, ihre Tochter, dasselbe mit der Violine. Mitten in die gespannte Stille schnäuzt Oma sich geräuschvoll die Nase und fragt, was denn gegeben werde. Tante Clara lispelt: »Das Andante Moderato aus dem Klaviertrio Nr. 4 von Antonín Dvořák.«

Sprichts und gibt das Zeichen zum Beginn. Beim Spiel der Drei kommt so etwas wie Andacht auf. Nur gegen den Schluss wird das Spiel durch unflätiges Gähnen aus dem Punkerquintett gestört. Kaum sind die letzten Töne verklungen, erhebt und verneigt sich das Trio. Oma Hortense steht als Erste auf und applaudiert mit vornehmer Zurückhaltung. Alle erheben sich von ihren Stühlen und tun es ihr gleich, während die Punker durch die Finger pfeifen, als ob sie an einem Rockkonzert wären.

Für die Ratte wirken die Pfiffe wie ein Signal. Sie schießt unter dem Tisch hervor und flieht hinauf an einem Fenstervorhang. Das ruft Mimis Katze auf den Plan. Sofort verfolgt sie die Ratte und klettert ihr nach. Mimi ist eines der drei wirbligen Kinder der Violinistin Heidi. Die drei haben nicht nur ihre Katze, sondern auch Barry, den Berner Sennenhund mitgebracht. Auch Barry greift ins Geschehen ein. Er richtet sich am Vorhang auf, bleckt die Zähne und bellt, was das Zeug hält. Der erste Vorhang ist schon in Fetzen. Katze und Ratte hangeln sich zum nächsten, dann zum übernächsten. Barry hält mit. Und so geht die Jagd weiter und weiter. Die Tierbesitzer versuchen einzugreifen. Sie schreien einander an. Weitere Familienmitglieder fahren dazwischen, ja selbst das Servierpersonal. Onkel Coelestins mächtige Stimme geht im Lärm einfach unter. Der Hund kläfft wütend, die Katze setzt fauchend die Krallen ein, die Ratte quietscht und blutet. Die Punker grölen und biegen sich vor Lachen. Das Chaos ist perfekt, die Familienidylle zerstört. Mit »Oh mein Gott, oh mein Gott!« sinkt Oma weinend an Opas Schulter.

Wie oder wem es gelungen ist, den Tumult zu beenden, weiß später niemand. Doch die Tiere sind alle weggebracht, Hund und Katze in die Transportkäfige von Heidis Familienauto gesperrt worden. Wo die lädierte Ratte geblieben ist, weiß niemand, nicht einmal die Punkerin. Das Personal hat inzwischen notdürftig die zerfetzten Vorhänge gerichtet, die Scherben weggewischt und die weiße Tischdecke wieder zurecht gezogen. Das Besteck für den Hauptgang wird aufgedeckt.

Die Geburtstagsgesellschaft hat sich wieder hingesetzt und beginnt sich zu erholen. Mit bösen Blicken in Richtung Punkbande fallen Worte wie »Rüpelbande, übles Saupack!« und mehr. Oma Hortense thront wieder auf ihrem Ehrenplatz – aufrecht. Ihr Hut sitzt allerdings etwas schief. Auch Opa hat wieder Haltung angenommen. Schließlich unterbricht der Tafelmajor das Geschwätz und kündigt den Hauptgang an. Sofort richten sich alle Augen auf die hereingebrachten Teller: Zwei mit Rosmarin garniert Tranchen Roastbeef, umrahmt von Bohnen, Blumenkohl sowie roten und gelben Karottenrädchen. Eben wird von den Kellnern Kartoffelgratin nachgereicht. Mineralwasser wird nachgegossen, neuer Wein eingeschenkt. Selbstverständlich warten alle auf Omas Standardsatz. Sie werden nicht enttäuscht. Und dann sind nur noch Messer und Gabeln zu hören. Ein kulinarischer Höhepunkt hat erneut die Gemüter beruhigt.

Zwischen Hauptgang und Nachtisch kündigt der Tafelmajor eine weitere Darbietung an: den Auftritt von Cyprians Bruder Fridolin. Ein Raunen geht durch den Saal, denn Fridolin ist allen nur als überaus humorloser Mensch bekannt. Einer, der sich von Berufes wegen ausschließlich mit nackten Zahlen herumschlägt. Er steht auf, holt aus seiner Jacke eine randlose Lesebrille und ein abgegriffenes Taschenbuch heraus, schlägt es an einer bestimmten Stelle auf, liest schweigend, klappt es wieder zu und legt es samt Lesebrille auf den Tisch. Er entledigt sich seiner Jacke und rollt die Ärmel des schwarzen Rollkragenpullovers etwas zurück. Dann fällt überraschend in eine gebückte Haltung und lässt die Arme bis zum Boden hängen. In dieser seltsamen Pose wendet er sich der Bühne zu und klettert das Treppchen hinauf. Oben angekommen wiegt er den Kopf mit aufgeblähten Backen lange hin und her und mustert das Publikum. Es ist mäuschenstill. Schließlich beginnt er, Christian Morgensterns Legende »Das Vermächtnis« vorzutragen. Nein, er spielt die Legende und zieht seine Zuhörer in den Bann. Seine Worte untermalt er mit jener Gestik, die er 1973 Gert Fröbe bei einem seiner berühmten Auftritte abgeschaut hat. In gebeugter Haltung verabschiedet sich der Affe von den Tieren. Sie tun es ihm mit berührenden Worten nach. Mit tränenden Augen erwacht der Affe und erblickt sich im Wasser eines Bachs als Mensch, als Adam.

Nachdem Fridolin geendet hat, hätte man eine zu Boden fallende Stecknadel hören können. Dann begeisterter Applaus. Fridolin hätte der Jubilarin Hortense keine größere Freude machen können, denn die alte Dame liebt Christian Morgenstern überaus.

Noch während sich die Geburtstagsgäste angeregt über das Erlebte unterhalten, wird der Nachtisch gebracht. Wie es sich für einen Berner Landgasthof gehört: riesige Meringues mit Schlagrahm. Die Stimmung ist großartig, wären da nicht die Punker, die soeben die Bühne erstürmen, um ein ganzes Sammelsurium von Instrumenten, Mikrofonen und Kabel zu installieren. Das umfangreiche Schlagzeug und die gigantischen Lautsprecherboxen lassen nichts Gutes erahnen. Oma soll gewarnt worden sein, meinte aber: »Die Jungen müssen doch auch ihre Ausdrucksmöglichkeiten haben«. Ungeniert beginnt die Band mit dem Sound Check und erregt damit jetzt schon einige Gemüter. Bruder Freddy, offenbar der Frontman, unterbricht für einen Moment den Klamauk und kündigt ein »fetziges« Ständchen für Oma an.

Was folgt, ist ohrenbetäubend. Es ist, als ob die Punk-Band sich mitten auf der Tafel produzieren würde und als ob der Tisch demnächst unter den hämmernden Basstönen bersten würde. Nicht nur die Schwerhörigen müssen sich vor Schmerz die Ohren zuhalten. Gespräche sind unmöglich. Rufe wie »Seid ihr total verrückt!« oder »Stop, aufhören!« gehen im infernalischen Lärm unter. Die Familienidylle, auf die sich die Greisin Hortense so gefreut hat, ist in diesem Augenblick total in die Brüche gegangen. Ihre Familie verabschiedet sich so rasch, wie es der Anstand gerade noch zulässt, und sucht das Weite. Noch bevor die Letzten aus dem Saal geflüchtet sind, verlassen Oma die Kräfte. Dumpf schlägt ihr Kopf auf dem halb leeren Dessertteller auf. Als Opa die total erledigte Gattin liebevoll aufrichtet, ist ihr Gesicht mit Schlagrahm bekleckert. Der wunderbare Hut ist zu Boden gefallen und zertrampelt. Ein Elend!

Die Punk-Band lässt das nicht kalt. Im Gegenteil, die entnervte Jubilarin neben ihrem Alten unter dem antiken Schlachtgemälde im typischen Berner Landgasthof entlockt der Punkfrau ein begeistertes »Megageil!«.

Stadtführer

Die 870 Meter lange Museggmauer mit ihren neun Türmen ist ein Wahrzeichen der Stadt Luzern. Zusammen mit Wasserturm und Kapellbrücke bestimmt sie das historische Ortsbild der Stadt.

Vor etwas mehr als zweihundert Jahren hat der weit gereiste Luzerner Architekt Othmar Clemens ohne es zu wollen, noch es zu ahnen, der Museggmauer durch eine Laune der Natur die Show gestohlen. 2013 brachte er nämlich von einer Afrikareise zwei Baobab-Samen nach Hause, Samen des Affenbrotbaums also. Es ist ihm geglückt, daraus zwei Pflänzchen zu ziehen, wovon das eine sich in seinem Arbeitszimmer an der Museggstraße offensichtlich wohler fühlte als das andere. Wie ein Kuckuckskind verdrängte der stärkere kurzerhand den schmächtigeren Spross und wurde groß und mächtig. Was dann weiter geschah, hätten Clemens und seine Nachkommen in Antoine de Saint-Exupérys »Der Kleine Prinz« nachlesen können: »Die Affenbrotbäume beginnen damit, klein zu sein, bevor sie groß werden«. Und tatsächlich, das Bäumchen wuchs bald einmal bis hinauf zur Zimmerdecke, durchbohrte diese nach fünfzig Jahren zur völligen Konsternation der Hausbesitzer, drängte weiter nach oben zum Dachgestühl und machte sich nach rund hundert Jahren mit seiner Krone auf dem mittlerweile meterdicken Stamm hemmungslos Luft. Othmar Clemens' Nachkommen sahen sich vor dem Dilemma, ihren arg malträtierten Familienbesitz zu restaurieren und dem Baobab den Garaus zu machen oder beides zu erhalten. Glücklicherweise entschieden sie sich dafür, das Kuriosum stehen zu lassen.

Das gab in der Stadt damals natürlich viel zu reden. Als sich dann aber die Stadtväter, die Clemens unterstützten und mit Weitsicht für den Erhalt von Haus und Baobab aussprachen, beruhigten sich die Gemüter. Die Luzerner versprachen sich eine Belebung des Tourismus. Und tatsächlich, der mächtige, nach über 300 Jahren auf die gigantische Höhe von über 50 m angewachsene Baum, ist heute nicht nur ein Trommel- und Nistplatz für die verschiedensten Spechtarten, sondern zusammen mit der dahinter liegenden Museggmauer, das mittlerweile spektakulärste Wahrzeichen und das wahrscheinlich beliebteste Fotosujet Luzerns geworden.

Die Touristen ahnen allerdings kaum, dass Luzerns Gartenbauamt nur dank speziellen Zuleitungen mit Unmengen von Wasser den riesigen Baobab am Leben erhalten kann. Auch entgeht ihnen, dass die mächtigen Baumwurzeln die Nachbarhäuser in eine zunehmend bedrohliche Schräglage bringen.

Krumm

Da steckt ein Wurm drin

Hoch über dem Zugersee, in einem Villenviertel, lässt sich der zehnjährige Mike im Garten seines Elternhauses von der Herbstsonne wärmen. Der Sommersprossige mit dem dunklen krausen Schopf ist immer noch ein bisschen bleich. Er erholt sich von einer Grippe, die ihn einige Tage ans Bett gefesselt hat. Heute ist er zum ersten Mal wieder draußen. Noch ein, zwei Tage darf er zuhause bleiben, freut sich aber jetzt schon auf die Schule, vor allem aber auf seine Freunde. Während ein paar farbige Blätter gemächlich auf seine Baseballmütze hinunter schaukeln, beißt Mike genüsslich in einen rotbackigen Apfel.

In diesem Moment fährt ein altertümlicher Umzugslaster mit italienischen Kennzeichen vor die Nachbarvilla. »Mobili Lamborghini SA« entziffert Mike die großen weißen Lettern auf grünem Grund. Aha, denkt er, die bringen wahrscheinlich die restlichen Möbel unserer neuen Nachbarn.

Erst regt sich gar nichts. Dann aber entsteigen der Fahrerkabine drei Männer und eine Frau. Die Frau trägt einen weiten, bunten Rock im Patchwork-Look. Zwei dicke, rabenschwarze Zöpfe umrahmen das bleiche Gesicht mit den auffällig rot geschminkten Lippen. Von den Männern fällt vor allem der große mit der wilden, grauen Frisur und dem buschigen Schnäuzer auf. Sein blau kariertes Holzfällerhemd steht im deutlichen Kontrast zur schmutziggrauen Cordhose. Der zweite ist drahtig, klein und ratzekahl; nervös schaut er sich ständig um. Der dritte ist ein vierschrötiger Klotz mit blonder Mähne. Ein höchst eigenartiges Umzugsteam, findet Mike. – Der mit dem Schnäuzer öffnet die Hintertüren des Lasters. Auf einen Blick sieht Mike, dass der Laderaum leer ist. Also nichts mit der Lieferung von zusätzlichen Möbeln. Das kommt ihm etwas spanisch vor. Mit einem unguten Gefühl im Bauch verdrückt er sich hinter ein Gebüsch, um von dort aus zu kiebitzen.

Das Quartett öffnet die Gartentür und geht zum Haus. Als niemand auf ihr Läuten reagiert, zieht der Vierschrötige einen Schlüsselbund aus der Hosentasche und macht sich am Schloss der schweren Haustür zu schaffen. Unterdessen halten die andern nach etwaigen Störenfrieden Ausschau. Nach kurzer Zeit ist die Tür offen, und die vier verschwinden in der Villa. Der Typ mit dem Schnäuzer zuerst, gefolgt von der Zopf-Frau, dann der kleine Glatzkopf, der sich nochmals misstrauisch umblickt und zuletzt der klotzige Türöffner.

Mit Spannung wartet Mike auf das, was kommen wird. Gerade als er nochmals in seinen Apfel beißen will, kommen die vier wieder zum Vorschein – und tragen Stück um Stück all die Möbel und Einrichtungsgegenstände heraus, die vor nur gerade zwei Wochen andere hinein getragen hatten. Die Frau mit den Zöpfen widmet sich offenbar nur den Bildern, hat aber auch ihre Rocktaschen immer wieder prall gefüllt. Offensichtlich wird die Villa bis auf den letzten Nagel ausgeräumt. Stück um Stück verschwindet im Laderaum des grünen Lasters.

Mike bleibt vor lauter Staunen der Mund offen. Noch kann er nicht wissen, was für ein Räuberpack er vor sich hat.

Der Mann mit dem buschigen Schnäuzer ist Ganoven Ede. Der will nach einem seiner Meinung nach völlig unverdienten und allzu langen Aufenthalt hinter schwedischen Gardinen erneut ein großes Ding drehen. Diesmal sollte nichts schief gehen. Schon vor Wochen hat er das Zuger Villenviertel ausgekundschaftet. Aus dem Milieu hatte er den heißen Tipp erhalten, dass internationale Firmen für wohlhabende ausländische Kaderleute Villen auf Zeit mieten. Umzugswagen seien deshalb ein durchaus gewohnter Anblick, wurde ihm gesagt. Über seine Pizza-Connection hat Ede auf einem Tessiner Schrottplatz ein ausgedientes Vehikel geklaut. Dann hat er alte Bekannte mobilisiert, die wie er auch vor kurzem ihre Strafen wegen Dieberei abgesessen haben. Nämlich Schränker Karl, der jede Tür im Handumdrehen zu öffnen weiß, selbstverständlich ohne Spuren zu hinterlassen – wenigstens beinahe keine. Sperber Jacky, der zwar klein von Gestalt ist, aber mit kräftigen Händen zupacken kann und schon früher für Ede Schmiere gestanden ist. Im wahrsten Sinne hochkarätig ist Klunker Carla; nicht nur weil sie Ede ab und zu im Bett zu höchsten Genüssen verhilft, sondern weil sie eine innige Liebe mit teurem Schmuck und wertvollen Bildern verbindet. Auch kennt sie jeden krummen Weg zum Verhökern von Diebesgut. Ede hatte seinen drei Kumpanen erklärt, dass ein Umzugslaster im Zuger Villenviertel am helllichten Tag am unauffälligsten und darum das Ganze ein todsicheres Ding ist. Außerdem sei das Schröpfen von Betuchten im Steuerparadies Zug nichts als eine gerechte Sache. Das Ganoventeam war von Edes weiser Ansprache total begeistert. Und als er auch noch versprach, die Pinke fair zu teilen und ihm als Anführer selbstverständlich nicht mehr als die Hälfte zufallen werde, war die Begeisterung der Ganoven grenzenlos.

Doch das Quartett hat die Rechnung ohne den pfiffigen Mike hinter dem Gebüsch gemacht. Als sich alle vier gerade wieder im Innern der Villa erneut mit Diebesgut beladen, eilt er zu seiner Mutter. Atemlos berichtet er von den seltsamen Vorkommnissen bei den abwesenden Nachbarn. Die Mutter greift sofort zum Telefon und ruft die Polizei. Nach bangen Minuten kommen Streifenwagen von verschiedenen Seiten angefahren. Im Nu umstellt ein Dutzend Polizisten in Kampfmontur das Haus. Eben als das voll beladene Einbrecherquartett die Villa wieder verlassen will, packen die Polizisten blitzschnell zu. Die völlig überraschten Ganoven

werden widerstandslos eingesammelt und Minuten später in Handschellen abtransportiert.

Mike berichtet einem Polizisten das Erlebte detailgetreu und kann endlich seinen Apfel fertig essen. Nach dem vorletzten Biss schaut er entgeistert auf den Apfel und sagt: »Dachte ichs doch, da steckt ein Wurm drin!«

Hinkebein und Klumpfuß

Friedrich ist Rentner, seit Jahren. Weit weg vom Dorf lebt er auf seinem einsamen Gehöft, das er nicht mehr bewirtschaftet, seit seine Söhne ausgewandert sind, der eine nach Neuseeland, der andere nach Kanada. Auch die drei Töchter sind ihren Männern in die Fremde gefolgt. Vor fünf Jahren hat ihm eine heimtückische Krankheit seine Frau geraubt. Irgendwie gelingt es ihm, sich in seiner Einsamkeit zurechtzufinden. Beinahe täglich und bei jeder Witterung durchstreift er die nähere und weitere Umgebung seines Hofes. Im Wechsel der Jahreszeiten verfolgt er aufmerksam die Veränderungen der Natur. Wetterwechsel erkennt er lange im Voraus – nicht nur an den Morgen- und Abenddämmerungen, sondern auch an der Art der Winde und Wolken, aber auch am Verhalten von Pflanzen und Tieren.

Auf einer Bank unter dem ausladenden Dach des Wohnhauses genießt er die frische Luft dieses Herbsttages, einem Freitag. Er folgt dem Spiel der Schwaden, die sich aus dem Nebelmeer lösen, gemächlich an Moränenhängen emporsteigen und sich im Blau des wolkenlosen Himmels verlieren. So muss es mit den Seelen verstorbener Menschen sein, denkt Friedrich: Zwar entschweben sie unserem Blick, aber nur um sich unsichtbar für unsere Augen mit dem Universum zu vereinen. Er glaubt an das Weiterleben der Seelen von Menschen, Tieren und Pflanzen, ja selbst von Steinen. – Am frühen Morgen ist ihm ein einsam aus dem Nebel herausragender Hügel aufgefallen, über welchem zahlreiche Krähen kreisten. Mittlerweile ist es eine ständig wachsende, eine unruhige Vogelschar geworden. Wie aus dem Nichts sind Milane dazugestoßen, welche von den Krähen wütend attackiert werden, sich aber nicht vertreiben lassen. Selbst

aus Distanz ist das Gekreisch der Krähen zu hören, die sich immer wieder auf die Hügelkuppe stürzen und erneut empor schwingen. Mit wachsender Faszination, aber auch mit Neugier folgt Friedrich dem merkwürdigen Auf und Ab der Vögel. Zwar bringt ihm das Fernglas das Spektakel näher, lässt ihn aber nicht entschlüsseln, was das aufgeregte Geflatter verursacht.

Kurzentschlossen steht er auf, holt Jacke, Hut und Stock aus dem Haus, vertauscht die Hausschuhe mit Wanderstiefeln, stopft zwei Äpfel in die eine

Hosentasche und einen Flachmann in die andere. Dann macht er sich auf, das Rätsel zu klären. Nach ein paar Schritten kehrt er nochmals um, um Jagdflinte und Mobiltelefon zu holen. »Man weiß ja nie«, murmelt er. So nah der Hügel auch scheint, der Weg dorthin ist lang. Er führt weit hinunter unter die Nebeldecke, überquert eine baufällige Holzbrücke und folgt einem schmalen Waldpfad vorbei an einer zerfallenen Klause. Dort verlässt Friedrich den Wald. Während des steilen Aufstiegs durchbricht er den Nebel und ersteigt die Hügelkuppe. Die Krähen entdecken ihn sofort. Mit wütendem Gekrächz flattern sie gefährlich nahe über dem Kopf des Störenfrieds. Die Greifvögel schwingen sich einstweilen weit empor und folgen dem Geschehen aus Distanz.

Friedrich ist keine hundert Meter von der Kuppe entfernt, als er einen schwarzen Haufen entdeckt. Beim Näherkommen sieht er mit Grausen, dass es ein toter Mensch ist, ein Mensch mit einem blutverschmierten, bis zur Unkenntlichkeit zerfleischten Schädel. Der Verwesungsgeruch ist unerträglich. Es ist nicht zu übersehen, dass die Vögel nicht nur den Kopf des Toten aufgehackt haben, sondern sich auch an Hals und Händen zu schaffen gemacht haben. Immer wieder versuchen die Viecher, sich nicht nur auf den geschundenen Leichnam zu stürzen, sondern auch auf Friedrich. Der greift wütend zur Flinte und feuert zwei Ladungen Schrot auf die gierige Meute. Zwei Krähen fallen getroffen zu Boden. Friedrich weiß, dass die Horde jetzt eine Weile vom Toten ablassen wird. Nun steht er bei der Leiche und entdeckt etwas, was ihn in schierer Panik zurück nach Hause fliehen lässt. Tränen trüben seinen Blick, sodass er mehr als einmal hinfällt und sich wieder aufrappeln muss. Dass er die Polizei mit seinem Mobiltelefon hätte alarmieren können, fällt ihm in der Hast nicht ein.

Daheim sinkt er erschöpft auf die Bank unter dem Hausdach. Er keucht sich beinahe die Lungen aus der Brust. Nach und nach fasst er sich so weit, dass er Polizei und Rettungsdienst verständigen kann. In knappen Worten schildert er das Grauen. Dann schütteln ihn die Tränen erneut.

»Was hast du dir angetan, Kurt? Warum bist du nicht zu mir gekommen, wie du das versprochen hast?«

Tatsächlich hat sein Bruder ihn vor gut einem Monat überraschend angerufen und nach einem langen Gespräch seinen Besuch versprochen. Jahrelang blieb jeder direkte Kontakt zwischen den beiden aus. Nur dann und wann erfuhr Friedrich über Dritte vom Auf und Ab in Kurts Leben. Schon die Jugendstreiche seines vier Jahre jüngeren Bruders waren weit herum Anlass zu Ärger. Eines nachts, kurz vor seinem achtzehnten Geburtstag, setzte Kurt ein Bauernhaus in Brand, weil er mit seinen Freunden im Heuschober mit Streichhölzern herumspielte und Verbotenes rauchte. Darauf verschwand er; niemand wusste wohin. Jahre später erhielt Friedrich eine Ansichtskarte, aus der vermutet werden konnte, dass Kurt in der französischen Fremdenlegion diente. Nach seiner Heimkehr wurde er sofort gefasst und ins Militärgefängnis gesteckt. Kaum aus der Haft entlassen, verschwand er erneut. Diesmal heuerte er auf einem Hochseefrachter an, wo es ihm gelang, sich zum Schiffskoch hochzudienen. Wie er das Kochen gelernt habe, wurde er einmal gefragt. Ganz einfach, sagte er, wenn die Mannschaft mit dem Essen nicht zufrieden war, bekam ich eine Tracht Prügel. Einmal so heftig, dass mir die Matrosen mit einer Pfanne ein Bein übel zurichteten. Nach einigen Jahren zog es das Hinkebein, wie ihn die Leute damals nannten, erneut zurück in die Heimat. Mit Gelegenheitsarbeiten schlug er sich durch. Und das Wenige, das er verdiente, steckte er stets in Alkohol. Er sank tief. Doch eines Tages überraschte ihn das Glück…

Gerade, als sich Friedrichs Gemüt ein bisschen aufhellt, unterbricht ein Helikopter seine Gedanken und landet auf dem Hofplatz. Bei immer noch drehendem Rotor eilt ein stämmiger Mann in Lederjacke geduckt aus dem Flugzeug und stellte sich Friedrich als Kriminalkommissar Cavegn vor. Er lässt sich den Hügel zeigen, wo Friedrich die grausige Entdeckung gemacht hat, und stellt zwei drei Fragen. Dann eilt er zurück zum Helikopter, dessen Rotorblätter wieder auf Touren kommen. Und zurück gehts zum Fundort.

Es dauert eine ganze Weile, bis der Hubschrauber zurückkehrt, kurz aufsetzt, Cavegn zurücklässt und wieder abhebt. Friedrich bietet dem Kommissar einen Holzstuhl an, holt Gläser und einen Krug vergorenen Apfelsaft. Nach dem ersten Schluck kommt der Polizist gleich zur Sache.

»Nehmen wir uns einen Augenblick Zeit zum Reden, Herr Brunner. Man wird mich später per Auto abholen. Sagen Sie mir, warum Sie gewusst haben, dass der Tote Ihr Bruder ist?«

Nach einem tiefen Seufzer beginnt Friedrich aus der Vergangenheit zu erzählen, besonders das, was Kurt am Telefon erzählt hat. Auch berichtet er, wie es zum arg verunstalteten Bein kam, das er, Friedrich, zwar noch nie gesehen hat. Aber er glaubt, Kurt daran erkannt zu haben.

»Ist es möglich, dass ich mich täusche, Herr Cavegn? Konnten Sie den Toten schon identifizieren?«

»Ich weiß bisher nur, dass er Brunner heißt wie Sie – Kurt mit Vornamen, wohnhaft in Boswil.«

Erschüttert mustert Friedrich die Identitätskarte, die Cavegn ihm hinstreckt und bestätigt, dass Kurt ihm diesen Wohnort genannt hat. Zum Foto im Ausweis meint er: »Auch wenn ich ihn viele Jahre nicht mehr gesehen habe, das muss er sein«.

Nur mühsam gelingt es Friedrich, die Tränen zurückzuhalten. Der Kommissar lässt ihm einen Augenblick Zeit, sich zu fassen.

»Fahren Sie fort, Herr Brunner. Von was für einer Art Glück wurde Ihr Bruder überrascht?«

»Eines Tages hat er etwas Geld übrig gehabt – bestimmt eine Ausnahme. Aus einer Laune heraus hat er sich einen Lottoschein gekauft. Und er hat gewonnen – und zwar eine sehr hohe, eine sechsstellige Summe, wie er behauptete. Natürlich feierte er das Ereignis, mit Alkohol selbstverständlich, und zwar unmäßig viel. Als er im Spital aus dem Koma erwachte sei, so Kurt, habe er geschworen, sein Leben endlich in Ordnung zu bringen. Scheinbar ist ihm das einigermaßen gelungen, wenigstens anfänglich. Und als gemachtem Mann sind ihm die Frauen nur so zugeflogen. Es dauerte nicht lange, da verguckte er sich in eine Schönheit. Wenige Monate später hat ihn die Angebetete sogar aufs Standesamt geschleppt.

Mein Bruder hat mir am Telefon jedoch keinen glücklichen Eindruck gemacht. Offenbar ist er zur Zeit wieder auf Sauftour, diesmal in Begleitung seiner nicht weniger trinkfesten Frau, wie er hat durchblicken lassen.«

»Und seither haben Sie nichts mehr von ihm gehört?«

»Nein, nichts.«

Inzwischen ist Cavegns Auto eingetroffen. Er steht auf, bedankt sich, reicht Friedrich seine Visitenkarte und bittet ihn am kommenden Montag um Anruf. »Wir müssen noch einige Formalitäten erledigen.«

Voller Trauer bleibt Friedrich zurück. »Was hat dich bloß in einen so schrecklichen Tod getrieben?«, klagt er von Neuem. Diese Frage quält ihn das ganze Wochenende. Am Montag ruft er den Kommissar an und vereinbart mit ihm einen Termin. Cavegn macht ihn kurz mit den bisherigen Untersuchungsergebnissen vertraut.

»Die DNA-Analyse weist den Toten als einen gewissen Francesco Ramirez aus, einen Delinquenten mit umfangreichem Strafregister. Im Milieu nennt man ihn wegen seines verunstalteten Fußes ›Klumpfuß‹. Daher haben Sie, Herr Brunner, den Toten irrtümlich mit Ihrem Bruder verwechselt. Jetzt haben Sie die Gewissheit, dass er es nicht sein kann.«

Hörbar atmet Friedrich durch. Cavegn fährt fort:

»Die Autopsie hat ergeben, dass der Tote zum Todeszeitpunkt schwer betrunken war. Vermutlich

hat ihm eine weitere Person mit der am Tatort gefundenen Wodkaflasche die tödliche Schädelver-
letzung beigebracht. Der Schlag war derart brutal,
dass die Flasche zu Bruch ging. Auf den Glasscher-
ben haben wir Fingerabdrücke gefunden, die auf
einen gewissen Paul Inderbitzin hinweisen; auch
dieser hat ein beträchtliches Strafregister. Wie Ramirez und Inderbitzin auf den Hügel gekommen
sind, ist uns ein Rätsel. Rätselhaft ist auch, wie die
Identitätskarte Ihres Bruders in die Hosentasche
von Ramirez gekommen ist. Da könnte uns Ihr Bruder bestimmt weiterhelfen. Nur wissen wir nicht,
wo er steckt. An seiner Boswiler Adresse haben wir
ihn nämlich bis jetzt noch nicht gefunden. Sollten
Sie also von ihm etwas hören, so melden Sie sich
umgehend!

So – und jetzt erholen Sie sich vom Schrecken,
Herr Brunner.«

Überraschend ruft der Vermisste noch am selben
Abend bei Friedrich an:

»Ich stecke total in der Scheiße, Friedrich!«

Und dann schildert er, dass er in einer Strip-Bar
beraubt wurde.

»Das Portemonnaie mit allem Geld samt Identitätskarte sind mir geklaut worden. Ich bin total
pleite.«

Nach und nach rückt Kurt heraus, dass er in der
Bar nicht nur übermäßig gebechert, sondern auch
so geflunkert und gelogen hat, dass sich die Balken
bogen.

»Nicht zum ersten Mal habe ich dort von meinem großen Lottogewinn geprahlt. Ich ließ durchblicken, Friedrich, dass ich eine größere Menge

Geld auf deinem Hof versteckt habe. Auch behauptete ich, dass auch du ein reicher Mann bist. Und weil ich Runde um Runde springen ließ, habe ich eine Menge Zuhörer gehabt, selbstverständlich auch meine alten Saufkumpane ›Klumpfuß‹ und ›Wodka‹.«

Friedrich berichtet nun seinerseits, was er auf dem Hügel durchgemacht hatte und wie ihn der verunstaltete Fuß des Toten in Angst und Schrecken versetzte.

»Die Polizei hat diesen Toten als Ramirez, den ›Klumpfuß‹ identifiziert. Das muss also dein Saufkumpan sein. Da siehst du, was du mit deiner Angeberei angerichtet hast. Wahrscheinlich waren die zwei auf dem Weg zu mir, um sich deinen angeblichen Glücksgewinn samt meinem Geld zu holen. Die Frage ist nur, wie sie hierher gefunden haben – wenigstens beinahe.«

Kurt muss zugeben, dass er in seinem Portemonnaie auch Friedrichs Adresse herumgetragen hat. Wütend lärmt Friedrich ins Telefon: »Dümmer gehts nicht mehr! Gleich rufe ich die Polizei. Du wirst mich schleunigst bei denen treffen!«

Zunächst versorgt Friedrich am Telefon Cavegn mit den Neuigkeiten. Dann macht er sich auf den Weg, um Kommissar und Bruder zu treffen. Kurt muss Rede und Antwort stehen. Dabei fällt auch der Name der Bar, wo er beraubt worden ist.

Die Polizei rückt unverzüglich dorthin aus und stößt auf ein paar Leute, die am fraglichen Abend nicht nur das Geflunker von ›Hinkebein‹ mitbekommen haben, sondern auch das Handgemenge, bei dem Kurt beraubt wurde. In einer dunklen Ecke entdecken die Fahnder den gesuchten Inderbitzin. Der ist voll wie eine Strandhaubitze, hält eine leere Flasche Schnaps in der Hand und schnarcht. Als ihn die Polizisten wach rütteln und nach seinem Ausweis fragen, wird er ausfällig und versucht, Reißaus zu nehmen. Doch wird er sofort gepackt und abgeführt.

In der Ausnüchterungszelle jammert ›Wodka‹ im Delirium ständig über seinen verunglückten Freund ›Klumpfuß‹. Nach einer intensiven Befragung gesteht er schließlich nicht nur die Beraubung von Kurt ›Hinkebein‹, sondern gesteht auch Stück für Stück die Umstände, die mit dem Totschlag am Kumpel ›Klumpfuß‹ geendet haben. Im Polizeibericht ist zu lesen:

»… Paul Inderbitzin, mit Übernamen ›Wodka‹ und der ›Klumpfuß‹ genannte Francesco Ramirez hatten beschlossen, auf Friedrichs Hof nachzusehen, wo Kurt ›Hinkebeins‹ und Friedrich Brunners Geldschätze versteckt sind, wie Kurt Brunner sie das glauben gemacht hatte. Die Adresse hatten sie tatsächlich im geraubten Portemonnaie von Brunner entdeckt. Sie klauten ein Auto und fuhren in die Gegend von Friedrich Brunners Bauernhof. In einiger Entfernung ließen sie das Vehikel stehen, um das letzte Wegstück möglichst unauffällig zu Fuß zurückzulegen. Unterwegs leerten sie ein paar mitgebrachte Wodkaflaschen. Im dichten Nebel verliefen sie sich und stritten ständig über den einzuschlagenden Weg. Selbst als sie endlich die Nebeldecke durchbrachen und auf dem Hügel landeten, schrien sie einander weiter an und drohten sich gegenseitig mit ihren längst leeren Schnapsflaschen. Am Ende zog ›Wodka‹ seinem Kumpel ›Klumpfuß‹ so heftig eins über den Schädel, dass die Flasche zersplitterte und der Getroffene blutend zusammenbrach. Der Delinquent ›Wodka‹ behauptete, in Panik geflohen zu sein ...«

Morgenstunde

An diesem herrlichen Sommermorgen saß Kommissar Corti im Garten. Der Duft von Morgenkaffee betörte seine Nase. Seine Frau reichte ihm gerade die frischen Brötchen, als sein Handy ihn diskret daran erinnerte, dass seine Ferien noch gar nicht begonnen hatten.

»Corti! Was gibts?«

Und nach kurzem Zuhören: »Ok, Cécile, hol mich bitte hier ab«.

Eigentlich hatte er sich nach dem gestrigen Einsatz in der rechtsextremen Szene heute seinen verstauchten Fuß schonen wollen. Nun rief ihn die Pflicht zu einem Einbruch ins vornehme Institut Alpenblick. Er wusste nur, dass dort Teenager eine hauswirtschaftliche Ausbildung durchliefen und die Hausordnung altmodisch und streng war.

Zehn Minuten später klingelte Cécile Hegglin an der Haustür. Neben seiner sportliche Assistentin humpelte Corti zum wartenden Polizeiauto. Die zwei Morgenmuffel schwiegen auf der Fahrt ins nahe Bergdorf.

Am Institutseingang erwartete sie eine junge Frau, die sich als Angela Knecht vorstellte. Sie führte die Polizisten durch Gänge, in denen es penetrant nach Reinigungsmitteln roch, zum Büro der Chefin. Dort trafen sie eine verhärmte alte Dame. Sie war in einen weiten schwarzen Rock gekleidet, der sogar ihre Schuhe verdeckte. Selbst die Bluse war schwarz. Als einzigen Schmuck trug sie eine schwere Silberkette mit Kreuz. Und ihr graues Haar war streng nach hinten gekämmt. Der Gegensatz zu Frau Knecht, die von der Chefin als Stellvertreterin vorgestellt wurde, konnte nicht größer sein. Hier die junge Frau, die Wärme ausstrahlte, gegenüber die unheimliche Alte mit dem bösen Blick.

Kommissar Corti inspizierte kurz die Unordnung bei den Schränken, die das peinlich saubere Büro der Institutsleiterin entweihte. Er sah, dass Gewalt höchstens angedeutet, aber keineswegs ausgeübt worden war. Dann kam er unverzüglich zur Sache und wies seine Assistentin an, sich Notizen zu machen.

»Wer hat den Einbruch entdeckt?«

»Meine Stellvertreterin«, antwortete die Chefin knapp.

»Dann erzählen Sie mal, Frau Knecht«, wandte sich Corti an die junge Frau.

»Ich bin heute Morgen wie jeden Tag um sieben eingetroffen und wollte routinemäßig unsere Büros aufschließen. Ich war überrascht, das Zimmer von Frau Kaiser unverschlossen vorzufinden. Und als ich eintrat, bemerkte ich gleich die offenen Schranktüren und die verstreut herumliegenden Akten. Ich schaute sofort im Stahlschrank nach unserer roten Bargeldkasse: Sie stand offen und war total ausgeräumt. Noch gestern hatte ich einen Briefumschlag von der Bank mit Noten im Wert von über tausend Franken hineingelegt. Das ist ja entsetzlich!«

Wie ein Habicht stürzte sich Frau Kaiser auf ihre Mitarbeiterin und zischte: »Wieder einmal nicht abgeschlossen gestern Abend, Angela! Hast Dich

wohl wieder dem Seelenheil der Jugendlichen gewidmet, anstatt Deinen Pflichten nachzukommen.«

»Ich habe gestern Abend wie immer überall den
Schlüssel gedreht«, entgegnete Frau Knecht ganz
ruhig.

»Bürotüre und Schränke wurden offensichtlich
mit Schlüsseln geöffnet, das ist ja bereits klar«, ergänzte Corti. »Wer außer Ihnen, meine Damen ver-
fügt über weitere Schlüssel?«

»Es gibt nur noch einen Passepartout in meiner
Pultschublade«, antwortete Frau Kaiser.

»Kann ich den mal sehen?«

Mit eigenartigen
Schritten – Corti ka-
men sie vor wie das
Trampeln eines Ele-
fanten – bewegte sich
die Alte hinter ihr
Pult, einer imposan-
ten Antiquität. Sie riss
die oberste Schublade
auf und krächzte:

»Auch gestohlen!«

Und fügte giftig hinzu: »Das geht bestimmt auf
das Konto unserer sauberen Früchtchen aus dem
Balkan. Du musst die nur noch mehr verwöhnen,
Angela. Die fressen Dir aus der Hand und klauen
mir aus der Tasche«.

Der Kommissar wollte von Frau Kaiser wissen,
ob ihr Büro tagsüber offenblieb, und ob sie ständig
dort arbeite.

»Offen, ja. Aber ich gehe immer wieder durchs
Haus.« Und mit einem bösen Blick Richtung Frau

Knecht ergänzte sie: »Jemand muss ja schließlich nach dem Rechten sehen«.

»Dann kann also der Reserveschlüssel irgendwann entwendet worden sein?«

»Offensichtlich ja! Diesen Gören ist ja nichts heilig. Und die nachlässigen Angestellten haben Sie nicht unter Kontrolle.«

Die eisige Kälte und die unverhohlene Eifersucht waren nicht zu überhören.

»So, dann rufen Sie mal Ihre Schützlinge zusammen, Frau Kaiser!«, unterbrach der Kommissar die gehässige Tirade.

Eine Viertelstunde später hatte sich die Schar der dreizehn Teenager im Gemeinschaftsraum unter den Augen der beiden Polizisten, der Stellvertreterin und der Institutsleiterin versammelt. In herrischem Ton stellte Frau Kaiser die beiden Fremden vor und übergab das Wort widerwillig dem Kommissar. Der fasste das Vorgefallene zusammen und wies die Jugendlichen an, sich begleitet von ihren zwei Vorgesetzten vor die Schlafzimmertüren zu begeben. Corti und seine Assistentin gingen mit.

Während Corti Zimmer um Zimmer durchforschte, machte Frau Hegglin bei allen Teenagern Leibesvisitationen. Der Kommissar fand in den Zimmern keine bedeutungsvollen Bargeldmengen, nur ein paar gut versteckte Prisen Haschisch, die er geflissentlich übersah. Auch die Nachforschungen der Assistentin blieben ohne Erfolg. Und die allgemeine Nervosität unter den Jugendlichen kam den beiden Profis keineswegs auffällig vor.

Nochmals wurden die dreizehn in den Gemeinschaftsraum befohlen. Die Chefin und ihre Stellvertreterin wurden ins Büro geschickt. Corti erkundigte sich zunächst in der Teenagerrunde, wer den Abend wie verbracht habe, wer wann zu Bett gegangen sei. Ob letzte Nacht jemand etwas Außergewöhnliches bemerkt habe. Dabei musterte seine Assistentin aufmerksam die Gesichter.

Eine kecke Dunkelhäutige durchbrach als Erste das ängstliche Schweigen. Sie stellte sich als Grace vor und erzählte:

»Nach dem gestrigen Nachtessen haben wir – wie schon oft – mit unserer Angela über Spannendes getratscht: diesmal über Mode und Freundschaften. Es wurde fast Elf, bis wir ins Bett gingen. Angela hat noch kurz in mein Schlafzimmer hinein geschaut und mir eine gute Nacht gewünscht«.

Alle andern bestätigten diese Aussage. Zum Schluss meldet sich Evelyn, die Frühaufsteherin unter den jungen Frauen:

»Ich lese gern am morgen früh. Im Moment fesselt mich ein Krimi; er ist fürchterlich aufregend! Es hatte eben vom nahen Kirchturm sechs geschlagen, da hörte ich unerwartet aus den Büros – die sind ja im oberen Stock, wie Sie wissen, Herr Kommissar – also da hörte ich Schritte. Ich dachte gleich an das Trampeln der alten Hexe«, entschlüpfte es der jungen Frau und erntete damit erlösendes Gelächter.

Nach kurzem Nachhaken entließ Corti die Jugendlichen und begab sich mit seiner Assistentin ins Büro der Chefin, wo sie von Frau Kaiser und Frau Knecht erwartet wurden. Die Nervosität war fast mit Händen zu greifen.

»Wie und wann kommen Sie am Morgen jeweils ins Büro, Frau Kaiser?«

»Mit meinem Auto – um sieben.«

»Und heute Morgen?«

Jetzt wurde die Alte so nervös, dass Corti kurzerhand anordnete:

»Cécile, durchsuche die Frauen! Zuerst Frau Kaiser«.

Die begann, wie eine Furie zu kreischen und sich mit Händen und Füßen zu wehren. Doch die beiden Polizisten verstanden ihr Handwerk und förderten nicht nur den Umschlag mit dem Geld, sondern auch den Reserveschlüssel zutage.

Im anschließenden Verhör brach Frau Kaiser zusammen und gestand weinend, dass sie ihrer Stellvertreterin ein Delikt hatte in die Schuhe schieben wollen, um sie endlich loszuwerden. Denn sie hasste Angela abgrundtief, weil sie bei den Teenagern so beliebt war, während sie, die Chefin, von den Teenagern nur tiefe Abneigung erfuhr.

»Ein Fall für den Psychiater«, meinte Corti auf dem Heimweg zu seiner Assistentin.

Eduard Häfligers Debütwerk

Soll ihn der Teufel holen

Hintergründig und sehr lebensnah, mit Anflügen von schwarzem Humor, aber letztendlich weise und versöhnlich sind die Geschichten von Eduard Häfliger. Bei manchen von ihnen läuft es einem kalt über den Rücken, andere erwärmen das Herz auf eine Weise, dass man sie gleich zweimal lesen muss. So erfreut ist man über den wiedergefundenen Ton in der eigenen Seele. Der Wahrheitsgehalt? *Si non e vero, e ben trovato*, sagen die Italiener: Wenn es nicht wahr ist, so ist es doch gut erfunden. Und kann man über etwas schreiben, das nicht wahr ist? Alles ist schon einmal gewesen oder liegt bereit, um entdeckt zu werden. Eduard Häfliger hat die Töne, die Stimmen, die Begebenheiten gehört, gefunden und sie in bildhafte Geschichten umgedeutet. Zu Geschichten, die nachvollziehbar sind, vielleicht sogar schon von manchem selbst erlebt. Nur hatte man für sich selbst keine Worte, keinen Ausdruck dafür gefunden. Aber jetzt liegen sie vor uns, diese Berichte aus einer inneren Welt, deren äußerer wir tagtäglich begegnen, wenn, ja wenn wir unsere Sinne dafür auftun.

E.K.Timmermeister, Publizistin, Zürich, im Herbst 2010

Paperback   ISBN 978-3-7323-1907-7
Hardcover   ISBN 978-3-7323-1908-4
e-Book   ISBN 978-3-7323-1909-1

Eduard Häfligers zweite Anthologie

ARA

Langsam wird er einem ein bisschen unheimlich, dieser Autor von Kurz- und Kürzestgeschichten, der auf zwei, drei Buchseiten ein ganzes Leben voller Tragik und gleichzeitig makabrer Komik darzustellen weiß. Schon in seinem ersten Buch, »Soll ihn der Teufel holen«, berichtet der Autor von Geschehnissen, deren hintergründiger, manchmal diabolischer Inhalt zwar die Lachmuskeln reizt; aber das Lachen bleibt einem dann in der Kehle stecken. Und nun diese neuen Geschichten, deren oftmals harmloser Beginn ganz allmählich und dann völlig überraschend ein geradezu dämonisches Ende findet. Man kann nicht aufhören mit Lesen, denn da hält uns jemand ein Spiegelbild des Menschseins vor, sowohl mit seinen Hinterhältigkeiten als auch seinen Möglichkeiten zu Güte, Großmut und Verzeihen. Einige dieser Geschichten haben einen wahren Kern. Andere sind aus purer Lust am Fabulieren entstanden. Doch immer spielt die Freude an schöner Sprache mit.

E. K. Timmermeister, Publizistin, Zürich, im Herbst 2011

Paperback   ISBN 978-3-7323-1926-8
Hardcover   ISBN 978-3-7323-1927-5
e-Book   ISBN 978-3-7323-1928-2

Eduard Häfligers Schelmenroman

Es fing doch so gut an

Reckenstein ist eine kleine, feine Stadt, wie manch andere auch, aber sie hat eine Besonderheit. Reckenstein ist fast vollständig von Wald umgeben, hat kein Wachstumspotenzial. So wundert es denn sogleich die joggende Tourismusdirektorin, als sie im Wald in aller Frühe auf drei gut gekleidete Fremde stößt, denn sie kennt ihre Stadt und deren Bewohner. Bald eröffnen ebendiese smarten Herren in der Stadt ein Architekturbüro, und dies wundert nun schon weitaus mehr Leute. Was wollen Landschaftsarchitekten ausgerechnet in Reckenstein? Eduard Häfligers Roman überzeugt in solchem Maße, dass man selber in Euphorie gerät, sich Reckenstein mit seiner Waldsiedlung vorstellt und beim Lesen hofft, es möge doch gut kommen. Ganz besonders gefallen hat mir auch die Ambivalenz im Herzen und Wesen der drei Männer, welche diese Stadt erobern. Dieser Roman, fast Krimi oder Schelmenroman, hat mich an meinen Liebling Dürrenmatt erinnert, besonders an den Besuch der alten Dame. Die Ränkespiele der Politiker, das Umgarnen der Bevölkerung. Häfliger versteht viel von Menschen! Ein Kleinod dieses Buch! Ein wahrer Geheimtipp!

Manuela Hofstätter, Buchhändlerin, im Frühjahr 2015

Paperback   ISBN 978-3-7323-3364-6
Hardcover   ISBN 978-3-7323-3365-3
e-Book   ISBN 978-3-7323-3366-0